O MONGE ENDINHEIRADO, A MULHER DO BANDIDO E OUTRAS HISTÓRIAS DE UM RIO INDIANO

GITA MEHTA

O MONGE ENDINHEIRADO, A MULHER DO BANDIDO E OUTRAS HISTÓRIAS DE UM RIO INDIANO

Tradução
Hildegard Feist

COMPANHIADEBOLSO

*Grafia atualizada segundo o Acordo Ortográfico da Língua Portuguesa de 1990,
que entrou em vigor no Brasil em 2009.*

Título original
A River Sutra

Capa
Jeff Fisher

Preparação
Stella Weiss

Revisão
Renato Potenza Rodrigues
Cristina Terada Tamada

Atualização ortográfica
Verba Editorial

Dados Internacionais de Catalogação na Publicação (CIP)
(Câmara Brasileira do Livro, SP, Brasil)

Mehta, Gita
    O monge endinheirado, a mulher do bandido e outras
histórias de um rio indiano / Gita Mehta; tradução Hildegard
Feist. — 1ª ed. — São Paulo : Companhia de Bolso, 2016.

    Título original: A River Sutra.
    ISBN 978-85-359-2580-7

    1. Ficção indiana (Inglês) 2. Peregrinos e peregrinações —
Ficção — Índia I. Título.

15-01233   CDD-813-6

Índice para catálogo sistemático:
1. Ficção: Literatura indiana em inglês 813.6

2016

Todos os direitos desta edição reservados à
EDITORA SCHWARCZ S.A.
Rua Bandeira Paulista, 702, cj. 32
04532-002 — São Paulo — SP
Telefone: (11) 3707-3500
Fax: (11) 3707-3501
www.companhiadasletras.com.br
www.blogdacompanhia.com.br

Para Aditya

Escuta, irmão,
O homem é a verdade maior.
Nada há além dele.
CÂNTICOS DE AMOR
DE CHANDIDAS

1.

O GOVERNO AINDA ME PAGA SALÁRIO, mas já não me considero um burocrata. Os burocratas pertencem demais ao mundo, e eu cumpri minhas obrigações mundanas. Hoje sou um *vanaprasthi*, uma criatura que se refugiou na floresta para meditar.

Naturalmente fui obrigado a modificar a tradição, uma vez que passei minha infância em Bombaim e como funcionário público trabalhei apenas em cidades. Embora meu desejo de afastar-me do mundo aumentasse com a idade, eu tinha consciência de que não estava preparado para vagar pela selva e me tornar um eremita da floresta, vivendo de frutas e raízes.

Pouco depois que minha mulher faleceu eu soube que havia uma vaga numa pousada do governo próxima ao rio Narmada.

Quando viajava a serviço pelo interior, muitas vezes fiquei em tais pousadas. Com o tempo até me afeiçoei a esses refúgios solitários que os imperadores grão-mogóis construíram pela imensidão da Índia a fim de abrigar o viajante e o peregrino — prática sabiamente mantida pelas administrações subsequentes. No entanto, o particular atrativo dessa pousada era sua localização nas proximidades do rio. Um de nossos locais de peregrinação mais sagrados, o Narmada é adorado como a filha do deus Shiva.* Num giro pela área fiquei muito intrigado ao descobrir que em geral se ignora o crime de suicídio quando o criminoso tenta se matar nas águas do Narmada.

Para grande surpresa de meus colegas, candidatei-me à humilde posição de administrador da pousada do Narmada. A

---

* Num contexto religioso o rio é personificado sob a forma de mulher. (N. T.)

princípio tentaram dissuadir-me, convencidos de que minha estranha solicitação se devia à dor causada pela morte de minha mulher. Disseram que os burocratas veteranos deviam aspirar a postos mais elevados. Vendo que eu não cedia, por fim me recomendaram para o cargo e depois me esqueceram.

Graças às recomendações de meus antigos colegas, há anos que essa pousada situada numa encosta dos montes Vindhya tem sido meu refúgio na floresta.

Trata-se de uma construção de dois andares feita com as pedras da região, que têm a cor do cobre; o andar superior compreende três suítes espaçosas e independentes com vista para o jardim; o térreo abriga as salas de jantar e de estar, abrindo-se para uma ampla varanda. Felizmente os interiores conservaram os mosaicos originais, pois escaparam às atenções de um administrador inglês que na virada do século rebocou as paredes externas, dando uma aparência mais vitoriana que mogol ao bangalô com seu pórtico de pilares e sua escada de balaústres.

Num dos lados dos jardins, escondido por mangueiras, ergue-se uma casinha, na qual eu moro. No outro lado os jardins conduzem a um terraço de pedra sobranceiro ao Narmada, que corre uns duzentos metros abaixo.

Com mais de um quilômetro e meio de largura, o rio tornou-se objeto de minhas reflexões.

Ajuda em muito minhas meditações a beleza do local. Do outro lado do rio avisto campos férteis que se estendem por quilômetros e quilômetros rumo ao sul até encontrar as sombras cinzentas dos montes Satpura. Neste lado do rio altos bambuais e árvores carregadas de jasmins selvagens e lantanas cobrem as encostas, envolvendo o bangalô numa selva tão densa que me impede de ver a cidade de Rudra, a apenas dezenove quilômetros de distância, onde mora o sr. Chagla, meu secretário.

Para chegar ao bangalô o pobre sr. Chagla pedala sua bicicleta por mais de uma hora; entretanto, como não temos telefone, seu retorno diário à cidade é essencial para organizar nossos suprimentos e tratar de outros assuntos. Em Rudra estão a agência dos correios mais próxima, um médico que dirige um pequeno hospital e uma delegacia com quatro policiais.

Abaixo de Rudra, visível de nosso terraço na curva do rio, estende-se o complexo de Mahadeo. Quando o sol se põe, em geral sento-me no terraço com nossos hóspedes e observo as figuras distantes dos peregrinos, silhuetadas contra o carmim brilhante do céu, descendo a escadaria de pedra que leva dos muitos templos de Mahadeo à beira do rio. Ao crepúsculo a água em Mahadeo reluz com pequeninas chamas, como se estivesse se incendiando com as centenas de lamparinas de barro que descem o rio nas devoções noturnas.

Normalmente meu dia começa nesse terraço. Habituei-me a acordar antes do amanhecer e sentar-me aqui, no escuro, o rosto voltado para a nascente do rio, uma fonte subterrânea que atinge a superfície quatrocentos quilômetros a leste.

No silêncio da noite que se vai às vezes tenho a impressão de ouvir o coração do rio pulsando sob a terra antes de ele se revelar finalmente aos anacoretas de Shiva, imersos em meditação ao redor do tanque sagrado de Amarkantak. Imagino os ascetas sentados na escuridão como eu, os corpos nus cobertos de cinzas, os cabelos emaranhados torcidos no alto da cabeça à imitação de seu deus ascético, assistindo ao nascimento do rio e cantando:

> *Shiva-o-ham, Shiva-o-ham,*
> *Eu que sou Shiva, Shiva sou eu.*

Depois faixas de uma luz mortiça enviam ao céu nuvens de pássaros ruidosos que lembram multidões de peregrinos apinhando-se nos templos de Amarkantak para o culto matinal.

Quando a bola vermelha do sol aparece sobre as colinas, a atividade que imaginei ocorrer na nascente do rio se transforma na realidade da pousada, com o surgimento de nossos jardineiros, nossos varredores e do leiteiro.

Depois de dar algumas ordens saio do bangalô pelo portão

do lado norte e vou dar minha caminhada matinal. Quase de imediato entro na selva. Sob as grandes árvores reluzentes de orvalho — tecas, pipais,* paineiras, mangueiras, figueiras-de-bengala — o atalho lamacento ainda está deserto, cruzando-o apenas macacos saltitantes, antílopes indianos que passam aos pinotes, javalis erradios, como se exultassem com sua breve posse da selva. Ao voltar, dentro de duas horas, serei saudado nesse caminho por robustas mulheres tribais de Vano, uma aldeia das redondezas, que estarão catando lenha para cozinhar.

Os guardas de nosso bangalô são contratados no povoado de Vano e têm fama de ferozes por descender das raças tribais que durante séculos mantiveram essas colinas livres dos arianos que invadiram a Índia. A divindade de Vano é venerada sob a forma de uma imagem de pedra que representa uma criatura metade mulher, com os seios fartos de um símbolo da fertilidade, e metade cobra, enrolada sobre si mesma, pois os tribais acreditam que no passado governaram um grande reino da serpente, antes que os deuses dos arianos os derrotassem. Salvos do extermínio somente por uma personificação divina do Narmada, os tribais agradecidos atribuíram ao rio o dom de neutralizar os efeitos da picada de cobra, e com frequência ouço peregrinos que nunca conheceram um tribal recitarem a invocação:

> *Pela manhã e à noite eu te saúdo, ó Narmada!*
> *Defende-me do veneno da serpente.*

Os aldeões de Vano também acreditam que sua deusa cura a demência, libertando os que por ela são possuídos.

Além do vale, nas colinas seguintes, há um vilarejo muçulmano com uma pequena mesquita vizinha à tumba de Amir

---

* Pipal: árvore da família das moráceas, também chamada figueira-dos-pagodes (*Ficus religiosa*). Tem certa semelhança com a figueira-de-bengala ou baniano (*Ficus bengalensis*). (N. T.)

Rumi, um santo sufi do século XVI. Meu amigo Tariq Mia é *mullah* da mesquita, e geralmente em minhas caminhadas matinais vou até o vilarejo para conversar com ele, pois o velho é o mais sábio de todos os meus amigos.

Dirigindo-me à aldeia, às vezes paro no topo de nossa colina a fim de apreciar o panorama. Entre as serras do leste avisto espumosas cascatas onde, através de gargantas de mármore, o rio mergulha no vale mais abaixo da pousada; e, se me volto para o oeste, vejo o rio ampliar-se em sua corrida rumo ao mar Arábico, chegando a ter em seu delta dezessete quilômetros de largura.

É raro o dia em que não avisto peregrinos vestidos de branco caminhando nas margens do rio, bem abaixo do local onde me encontro. Muitos são como eu, pessoas de idade que passaram pelos primeiros estágios da vida determinados por nossas escrituras hindus — o bebê, o estudante, o chefe de família — e agora entraram no estágio do *vanaprasthi* para buscar sua *prajnâ*, ou sabedoria.

Sempre me surpreendo com sua persistência, pois sei que a peregrinação pelo Narmada é difícil e demora quase dois anos. Na embocadura do rio, no mar Arábico, os peregrinos devem vestir-se de branco em sinal de respeito ao ascetismo de Shiva; depois caminham oitocentos quilômetros até a nascente do Narmada, em Amarkantak. Então passam para a margem oposta e voltam a pé até o oceano, parando somente durante as chuvas das monções, quando se abrigam em alguma pequena cidade-templo como Mahadeo, que tem acomodado as legiões de devotos que percorrem essa rota há milênios.

Então me lembro de que o objetivo da peregrinação é a persistência. Através de sua persistência os peregrinos esperam gerar o calor, o *tapas*, que liga os homens à energia do universo, assim como se acredita que o rio Narmada liga a humanidade à energia de Shiva.

Diz-se que Shiva, Criador e Destruidor de Mundos, estava num transe ascético tão extenuante que rios de suor brotaram de seu corpo e escorreram pelas colinas. Então tomaram a forma de uma mulher — da espécie mais perigosa: uma bela virgem, que tentava inocentemente até mesmo os ascetas, inflamava-lhes a lascívia, aparecendo ora como uma ágil dançarina, ora como uma sonhadora romântica, ora como uma sedutora prostrada no langor do desejo. Suas inventivas variações divertiram Shiva a tal ponto que ele a chamou de Narmada, a Deliciosa, e abençoou-a com as palavras: "Tu serás para sempre sagrada, para sempre inexaurível". Depois deu-a como esposa ao Senhor dos Rios, o mais ilustre de seus pretendentes, o oceano.

De pé no alto da colina, uma brisa suave a refrescar-me o corpo, avisto as águas do rio correndo ao encontro de seu noivo em todas aquelas variações que deleitavam os ascetas, enquanto em suas margens os peregrinos avançam lentamente. Desta distância os homens e mulheres de branco parecem a espuma do rio, e, enquanto os observo, espero ouvir a voz de Tariq Mia chamando os fiéis à oração.

Não quero chegar antes que o velho *mullah* termine de cumprir suas obrigações sacerdotais; assim, se ainda é cedo e pelo vale que nos separa não ecoou o brado de *"Allah-ho-Akbar!"*, caminho até uma fileira de antigas cavernas dos jainistas abertas na pedra acobreada.

Nunca entro nas cavernas, pois tenho medo de serpentes e não consigo acreditar que o Narmada me protege de suas presas. Limito-me a sentar-me numa grande pedra e espiar para a escuridão do interior. As cavernas foram abandonadas há séculos, mas sempre espero encontrar um viajante jainista parado aqui num momento de devoção.

Uma vez deparei com dois jainistas mendicantes, ambos nus, membros da seita Vestido de Céu, cujas penitências rigorosas incluem a recusa da vergonha humana. Para minha grande decepção, informaram-me através de sinais que já nem sequer falavam. Depois de sorrir-lhes durante meia hora, despedi-me, pesaroso.

Em outra ocasião conheci um monge jainista de outra seita que acabara de renunciar ao mundo.

Lembro-me bem do encontro. Era inverno, e eu estava sentado em minha pedra, o sol hibernal aquecendo-me o rosto. Tinha nas mãos um cacho de bananas que havia colhido em minha caminhada para oferecer a Tariq Mia. Estava prestes a descascar uma delas para mim quando ouvi alguém tossir às minhas costas.

Voltei-me e vi uma esguia figura num manto de musselina branca postada a meu lado. Tinha a cabeça raspada, e seus olhos grandes me examinavam com estranha intensidade. Uma máscara de musselina cobria-lhe a boca, porém ouvi claramente quando perguntou: "Seguindo por esta estrada, chegarei a Mahadeo?".

Expliquei-lhe como chegar a Mahadeo, a curiosidade impelindo-me a achar algum modo de segurá-lo para conversar. Então vi a cuia de mendigo em sua mão. "Aceita uma fruta?"

Ele aceitou, e eu lhe dei as bananas. "Está fazendo a peregrinação do Narmada?"

"Não sou hindu. Vou me encontrar com meus colegas, os monges jainistas, em Mahadeo, aonde eles foram procurar um barbeiro. Pretendemos lhe pedir a caridade de nos raspar a cabeça."

Fingi ignorância para fazê-lo falar mais. "Por que vocês precisam raspar a cabeça?"

"Para evitar a vaidade humana."

"É por isso também que cobrem a boca?"

"Não. Estas máscaras nos impedem de matar insetos inocentes com uma inalação repentina." Ele tirou a máscara para comer, revelando os traços vigorosos de um belo rosto ligeiramente prejudicado por um queixo saliente. "Os monges jainistas procuram libertar-se dos grilhões do desejo mundano através dos votos de pobreza, celibato e não violência."

"Diga-me, amigo, qual desses votos tão severos é o mais difícil de cumprir?"

Ele sorriu, e o súbito relaxamento de sua expressão severa

mostrou que se tratava de um homem jovem, com menos de trinta anos. "Talvez você se surpreenda. A não violência. É muito cansativo ficar o tempo todo preocupado com a possibilidade de estar molestando qualquer coisa viva. Quando ando, sempre olho para o chão, com medo de pisar em alguma formiga. Até colher bananas se torna um ato perigoso. Quem sabe que pequenas criaturas vivem nas folhas ou no tronco de uma bananeira?"

O monge calou-se, e sub-repticiamente me pus a observá-lo enquanto comia. Ao terminar, ele dobrou as cascas de banana e colocou-as na base da pedra. Quando recolocou a máscara sobre a boca, falei, com certa timidez: "Também renunciei ao mundo".

"Houve uma grande cerimônia para marcar o momento de sua partida?"

Quase ri, lembrando-me dos comentários de meus colegas; mas limitei-me a dizer: "Minha mulher era estéril, de forma que não tive filhos para afetar minha decisão. Meus pais já não estão vivos, como tampouco está minha mulher; e meus colegas praticamente não perceberam o momento de minha partida".

"Você é um homem de sorte. Meu pai se gaba de ter gastado sessenta e dois milhões de rúpias em minhas cerimônias de renunciação."

"Você disse sessenta e duas rúpias?" Julguei tê-lo ouvido mal através da máscara.

"Não. Sessenta e dois milhões de rúpias."

"Milhões! *Sessenta e dois* milhões! Como é possível? Por favor, fale-me dessa cerimônia."

"Não me cabe discutir a vida que abandonei ao me tornar monge."

Insisti. "É seu dever esclarecer-me. Você ainda é jovem. Tenho muito o que aprender com alguém que tão cedo renunciou ao mundo..."

"Não dê tanto valor a meus atos", interrompeu-me ele, áspero. "Renunciar ao mundo não foi um sacrifício para mim."

"Mas que sacrifício para seu pai! Sessenta e dois milhões de rúpias!"

Bati na pedra, convidando-o a sentar-se a meu lado. "Nós, hindus, reverenciamos os ensinamentos espirituais contidos em nossos Upanishads. Sabe o que significa a palavra *upanishad*? Significa sentar-se ao lado e ouvir. Aqui estou, sentado, ansioso para ouvir. Sendo monge, você pode me recusar o conhecimento?"

Ele jogou a cabeça para trás, soprando a delicada musselina de sua máscara com a força de seu riso descontraído. "Vocês, hindus. Sempre disfarçando sua cobiça com seus deuses de muitas cabeças e seus argumentos de muitas facetas."

O monge depositou sua cuia de mendigo ao pé da pedra. "No entanto, se minha história pode ajudá-lo a encontrar o caminho da verdade, você tem o direito de ouvi-la."

Ele andou até uma árvore e apanhou uma vara à qual estavam atados tufos de lã. Durante alguns minutos espanou a pedra cuidadosamente, afastando os insetos. Enfim, satisfeito por não molestar nenhuma criatura viva, sentou-se a meu lado, para meu contentamento.

2. A HISTÓRIA DO MONGE

Amei só uma coisa na vida.
Você pergunta sobre o ritual com que ganhei a liberdade para perseguir esse amor. Por quê? Um ritual não significa nada se você não sabe dos anseios que o precedem.

As flores que um homem e uma mulher dão um ao outro podem conter o amor existente entre eles? Uma moeda pode conter o amor que o comerciante tem pela riqueza? Mas, se você precisa apenas dos símbolos do amor, e não do próprio amor, imagine que assim é.

Estou de pé no calor sufocante de um estádio, observando a histeria de quarenta mil pessoas. A cada movimento que faço ouço um rugido de aprovação, como se meu simples ato de respirar fosse algo extraordinário.

Colares de diamantes circundam-me o pescoço, cintilando ao sol brilhante da manhã. Cintilando, eu disse? Reluzindo. Enchendo o estádio com galáxias de luz.

Tenho um turbante na cabeça. Atados a ele, fios de diamantes solitários pendem-me sobre o rosto, escondendo-me ao apetite da turba que grita meu nome. Porém não são apenas os diamantes que excitam a multidão. É também, e mais que eles, o fato de não acreditarem que estou renunciando a minha riqueza.

Todos sabem que sou herdeiro de um império que se estende das minas de diamante na África e dos lapidários de diamantes na Índia aos leilões de diamantes em Hong Kong, Tel Aviv, Moscou; às casas comerciais da Antuérpia; aos estabelecimentos bancários de Zurique. Meu pai é proprietário de uma das maiores empresas de diamantes do mundo, e o desfile de hoje é apenas a culminância de uma dúzia de cerimônias já realizadas por todo o mundo, nas quais limusines cheias de membros do mercado internacional de diamantes seguiram o Rolls-Royce em que viajei ao lado de meu pai a fim de deixar nossos donativos nos escritórios da Cruz Vermelha e do UNICEF.

Sinto o raivoso ceticismo do estádio antes mesmo de ouvir os gritos de escárnio sob o pódio em que me encontro com meu pai. *"Arrey, Ashok bhai.* Ó irmão Ashok, como há de viver sem seus luxos?"

"Sem Rolls-Royce nem chofer para levá-lo para casa quando se cansar de sua brincadeira espiritual, irmão. Pense bem, enquanto é tempo."

Uma fila de jovens com os cabelos emplastrados de brilhantina ri a meus pés. Quando me inclino em sua direção, batem palmas e dão pulos no ar.

"Pobre Ashok! Vai ficar sem uísque, sem carteado!"

"Sem aviões para levá-lo à alegre Paris!"

"Lembre-se, irmão. Nunca mais você vai poder se aninhar entre as coxas de uma mulher."

"Oh, Ashok, arrependa-se de sua vaidade! Não é humano abrir mão daquelas carícias suaves."

"Daquelas longas tranças negras!"

Abrem numa risada rouca a boca manchada de bétele e alegremente batem nos ombros uns dos outros. Como esses jovens zombeteiros podem compreender que esperei ansiosamente para me libertar do mundo? Ficam sentados num cinema barato, cobiçando voluptuosas sereias da tela, enquanto possuí esses ícones femininos em tal excesso que me davam náusea.

Um grupo de músicos sobe ao pódio. Por um momento um trombone me bloqueia a visão. Tudo que consigo ver é a poeira do campo, que com a estiagem do verão se tornou pulverulento. A temperatura ultrapassa a marca dos quarenta graus. Sob o sol intenso minha cabeça começa a rodar, mas, se pedir água, sei que estará morna.

Não há gelo na cidade. Nem refrigerantes, nem hortaliças, nem frutas. Ontem, neste mesmo estádio, meu pai ofereceu comida a vinte mil pessoas, e os caminhões estão trazendo provisões de Ahmedabad, a quase cem quilômetros de distância, para alimentar mais vinte mil amanhã.

De qualquer modo não posso pedir água. Iniciei meu jejum. Hoje de manhã tomei minha última refeição com a família, embora não tivesse fome; não pude ignorar as lágrimas que caíam dos olhos de minha esposa na mesa, enquanto ela silenciosamente colocava diante de mim meus pratos favoritos. Não devo mais me alimentar até minha cerimônia da *diksha*, quando finalmente me tornarei um monge. Só então terei permissão para percorrer as ruas da cidade, mendigando o que comer e beber.

Pensar que preciso esperar vinte e quatro horas para saciar minha sede é algo que me assusta, e temo desmaiar antes que se inicie o desfile; entretanto os músicos se afastam do pódio, permitindo que eu respire novamente.

Sete elefantes em fila passam se arrastando pelo pódio. Imagine minha mortificação. Cenas de minha vida foram pintadas sobre sua pele enrugada — ali estou eu na escadaria do banco de meu pai em Zurique; em meu casamento; segurando meu primeiro filho.

Meu pai, a meu lado, não cabe em si de tanto orgulho. Ele telefonou para um amigo que é proprietário de um dos grandes estúdios cinematográficos de Bombaim e que mandou uma dúzia de pintores de cartazes cuja arte espalhafatosa já deforma a cidade com anúncios de futuras atrações. Hoje, exposto em toda a sua espantosa vulgaridade sobre as nádegas, as ancas, as patas, o tronco ondulante e até as orelhas dos elefantes, está o fruto de seus esforços mais recentes — minha vida.

Um dos animais ignora as imprecações do cornaca e recua em direção ao pódio; deparo então com um retrato em que figuro como jogador de críquete, atirando uma bola numa fileira de metas pintadas na outra pata do elefante. O cornaca consegue impelir o animal para a frente. As metas se dobram como borracha cada vez que o elefante dá um passo.

Vivas ruidosos ecoam pelo estádio. Um grupo de cavalos vem trotando em minha direção. Panos dourados cobrem as selas, borlas douradas varrem a poeira. Os cavaleiros percorrem o campo a meio galope, e a multidão se comprime nos bancos, expressando aos gritos seu contentamento, até voltar sua atenção para os camelos que cruzam os portões do estádio, puxando carroças repletas de músicos, cantoras veladas e homens com tambores oblongos atados aos ombros.

"Dezoito, dezenove, vinte, vinte e um...", o povo grita. Em resposta, os tamborileiros tocam seus tambores, alimentando o delírio da plateia com um crescendo constante até as quarenta carroças puxadas pelos camelos entrarem no estádio.

A turba se habituara a assistir a espetáculos novos. Para seu prazer, multidões de dançarinos agora ganham o estádio, rodopiando em amplos círculos diante dos cavalos, segurando no alto bastões reluzentes de laca. Sob o pódio os cornacas reúnem seus elefantes entre as cordas que, atadas às presas do primeiro animal, chegam até o carro revestido de prata em que desfilarei ao lado de meu pai. Cada elefante carrega tambores imensos, tradicionalmente usados para o transporte de óleo e grãos. Hoje esses tambores estão cheios de dinheiro, que será jogado para o povo. Os elefantes se abaixam, e novamente a plateia exulta, enquanto meu irmão mais novo, meus três tios e três primos sobem cautelosos em elefantes separados, tentando parecer majestosos em seus poleiros móveis.

Qual é o objetivo desse aparato?, pergunta você.

Imitação, é minha resposta.

Meu pai está reproduzindo o desfile com que Maavira, o grande mestre do jainismo, renunciou ao mundo.

Nós, jainistas, não temos seu atarefado panteão de deuses hindus, mas seguimos as pegadas de um homem. Um grande príncipe, é verdade, e ainda assim apenas um homem que descobriu que toda a sua riqueza e poder e formosura só lhe proporcionaram prazeres transitórios e que ansiava por um prazer duradouro. Cercado pelo luxo de uma grande corte durante o dia e tendo à noite uma jovem e bela esposa a seu lado, Maavira desejava a liberdade para encontrar esse estado de beatitude, se é que tal estado existia.

E, assim, um dia deixou sua gaiola dourada num imenso desfile, com dançarinos abrindo caminho para elefantes, cavalos, camelos carregados de riquezas para serem distribuídas entre os pobres.

Desde então, sempre que um jainista se torna monge, um desfile e atos de caridade assinalam sua partida do mundo.

Mas a dor de meu pai por minha renúncia ao mundo transformara-se no desejo de equiparar minha partida ao esplendor que marcou a despedida do próprio Maavira.

Há um pandemônio a nossos pés enquanto se organiza o desfile. Pessoas invadem o campo. Guardas munidos de bastões expulsam-nas a bordoadas, temerosos de que um animal apavorado venha a ferir alguém. Vejo os cavaleiros posicionarem suas montarias diante dos camelos, que por sua vez se alinham em frente aos elefantes atados ao carro de prata. Depois meu pai me puxa pelo braço, e eu o acompanho escada abaixo, entrando com ele no carro de prata.

Os dançarinos deixam o estádio, rodopiando, seguidos pelos cavalos que se empinam e pelas carroças que os camelos puxam. Enfim os elefantes transpõem pesadamente os portões do estádio, levando meu carro de prata para as ruelas estreitas do bazar.

Um mar de gente fecha o cortejo, enquanto forçamos nossa passagem pelas ruas tortuosas rumo à loja na qual meus ancestrais iniciaram seu negócio.

Uma vez, quando eu estava de férias (nessa época estudava na Inglaterra), meu pai me levou à loja, rindo de minha expressão de nojo ante o esgoto a céu aberto que corria junto ao esquálido barracão de madeira.

"Faz muito tempo que você mora na Inglaterra. Você só vê a sujeira desses bazares. Mas este é todo um mundo em que os segredos da riqueza passam, aos cochichos, de uma geração a outra. Essas ruelas ensinaram a seus ancestrais as duas coisas vitais para o sucesso — o senso do perigo iminente e a flexibilidade.

"Quando chegou aqui, o avô de seu avô era tão pobre que guardava todo o seu estoque — três pequeninos diamantes — numa faixa de algodão que lhe cingia a barriga, sob a camisa, e só mostrava uma pedra ao ter certeza de que o interessado realmente queria comprá-la.

"Da porta deste barracão de madeira ele estudava os segredos do bazar. Aprendeu que suas ruas mudavam de acordo com as necessidades. Alargando-se para seduzir os exércitos da dinastia Mogol que vieram exterminá-las com suas espadas. Contraindo-se tanto em tempos de paz que se podia atravessá-las com dois passos a fim de fazer um bom negócio ou conseguir um empréstimo. Expandindo-se para absorver os produtos despejados pelas fábricas do Império Britânico. Encolhendo para adaptar-se à austeridade que o Mahatma Gandhi pregava.

"Lembre-se, neste bazar esquálido sua família aprendeu a negociar, manipular, tramar, pechinchar. Munidos desses conhecimentos, em apenas quatro gerações transformamos três pequeninos diamantes num império."

Hoje estas ruelas estão sendo forradas com a riqueza de minha família, as notas de dinheiro pisoteadas no betume derretido do calçamento. Através de meu visor de diamantes solitários olho para meu pai. Ele sorri com prazer, vendo seus parentes jogarem punhados de dinheiro para a multidão. As notas ficam suspensas no ar por um segundo, como confete, e pousam suavemente no aglomerado de mãos que as agarram.

Meu pai me entrega uma urna de prata. Feliz por ninguém poder ver minha vergonha, mergulho as mãos em suas reluzentes profundezas e atiro bem alto, sobre a massa movediça de cabeças, pérolas, pequenos diamantes, moedas de prata.

Moedas de prata tilintam nos telhados de zinco das lojas, pérolas rolam pelos degraus quebrados que transpõem as valetas. Por um momento as gemas reluzentes, os espelhos nos véus das cantoras, os panos dourados que cobrem os cavalos, o carro de prata, tudo torna a cena irreal, insignificante. Então a turba se lança sobre os guardas, gritando e acenando para minha carruagem, temerosa de perder tal tesouro.

Há um tumulto quando o desfile se afasta do bazar. As pessoas sobem nos ombros umas das outras para alcançar o carro de prata que tão despreocupadamente dispersa fortunas pelo ar. Ouço os cavaleiros gritando com as montarias que se empinam, vejo os guardas tentando abrir caminho por entre a multidão, enquanto as carroças puxadas pelos camelos balançam violentamente de um lado para o outro e seus condutores lutam para acalmar os animais.

Nosso carro parece que está se despedaçando sob nossos pés. Seguro o braço de meu pai para impedi-lo de cair. Ele se volta, e vejo medo em seus olhos.

Sei que é um medo da violência.

Quando eu era criança, meu pai me ensinou a doutrina fundamental do jainismo.

"A coisa mais importante de nossa religião é *ahimsa*, a prática da não violência. É por isso que somos banqueiros ou comerciantes. Há muitas atividades às quais não podemos nos dedicar por medo de prejudicar alguma vida. Se fôssemos fazendeiros, poderíamos inadvertidamente matar criaturas sob nossos arados. Na indústria perfura-se a terra em busca de petróleo, ferro, carvão. Você imagina quantas vidas essas máquinas extinguem?"

"Os diamantes saem da terra", argumentei.

"Nunca comprei uma mina de diamantes", meu pai me lembrou. "Apesar de que as minas de diamantes teriam aumentado incomensuravelmente a riqueza da companhia. Mas, quando se acredita na doutrina de *ahimsa*, é preciso segui-la à risca."

Ao crescer, percebi que a dignidade de meu pai se devia a seu talento de comerciante, amplamente reconhecido, e a sua íntima adesão ao princípio da não violência, que o levou a doar grande parte dos lucros da empresa a instituições de caridade. Eu o admirava mais que a qualquer homem vivo.

Antes de entrar na universidade passei um ano viajando

pelo mundo com meu pai, instruindo-me sobre diamantes. Ao longo desse ano minha atitude em relação a ele mudou. Fiquei chocado ao ver sua indiferença ante as condições da mineração e a lastimável pobreza dos mineiros.

Uma vez ousei perguntar: "Como você pode se preocupar mais com um inseto morto do que com um ser humano?".

Minha insolência o fez levantar a voz: "O que me diz de nossas instituições de caridade? São para insetos? Você sabe quantas pessoas eu ajudo diariamente? Sem minha assistência elas morreriam no abandono. Eu lhes dou comida e roupas, pago suas contas de hospital, mando cremar seus mortos. Não podemos resolver os problemas do mundo. Só podemos ajudar os que estão a nossa volta".

Pela primeira vez reconheci que a riqueza havia arrancado as emoções de meu pai, deixando-o livre para examinar as pessoas como se fossem abstrações. Havia em sua benevolência uma fria matemática que o impedia de comover-se ou interessar-se por aqueles que ajudava.

A natureza inumana de sua filantropia me assustou. Uma parte de mim ainda queria ser igual a ele. Nas raras ocasiões em que meu pai me permitiu conduzir uma negociação de menor importância fiquei feliz com suas congratulações, e sem embargo durante aquele ano tive medo de que, ao herdar seu tino para os negócios, eu pudesse herdar também sua inumanidade.

Agora vejo o medo nos olhos de meu pai, enquanto punhos se chocam contra as laterais de nossa carruagem de prata.

Meu pai não compreende a pobreza. Não sabe por que as pessoas podem se matar umas às outras pela chance de mudar de vida com um punhado de pedras preciosas atiradas por seu filho. Não sabe por que, no próprio momento de sua maior obra de caridade, desencadeou o que mais odeia – a violência.

Os elefantes começam a ficar agitados com o tumulto. Seus condutores procuram controlá-los, aguilhoando-lhes a cabeça até o sangue escorrer pelas orelhas dos animais. Estes barrem, enraivecidos, e a turba recua, com medo de ser pisoteada pelas enormes patas cinzentas. À nossa frente os cavaleiros esporeiam suas montarias, fazendo-as galopar, e abrem caminho para que o desfile saia do bazar.

Na avenida principal da cidade há um clima mais tranquilo. Fileiras de policiais estão patrulhando as calçadas sombreadas pelas árvores a fim de evitar que os espectadores transponham as barreiras de aço nas margens da avenida.

Paramos por um instante. Um dos elefantes enroscou a pata na corda, instalando a confusão entre os demais. O cornaca se apeia para liberar a corda, e o animal se desloca para o lado. De repente vejo uma pintura em que apareço abraçando uma mulher sem feições.

Ela não precisa de feições. Para os espectadores basta a vasta cabeleira loira que lhe serve de auréola. Vaias e assobios enchem o ar. Até os policiais riem. O cornaca monta novamente no elefante que acabou de libertar. Vejo a cabeleira loira dissolver-se no panorama de minha vida.

Meu irmão está se divertindo com a reação da turba. Reclina-se sobre seu elefante a fim de acenar para mim, e sei que está se lembrando da fúria de meu pai quando eu lhe disse que desejava renunciar ao mundo.

Meu irmão se encontrava na sala quando eu tentava convencer meu pai de que minha decisão não era um capricho passageiro.

"É, sim!", meu pai gritou, recusando-se a acreditar em mim. "Eu nunca devia ter deixado você morar no estrangeiro. O Ocidente destruiu sua paz de espírito!"

Creio que havia alguma verdade em suas acusações. Tínhamos um acordo tácito, segundo o qual ele com sua fortuna me faria todas as vontades até que eu assumisse as responsabilidades do império da família. Então eu retomaria as tradições dos jainistas, consentindo até num casamento arranjado, se já não tivesse uma ligação adequada.

Com isso meu pai estava apostando minha juventude e sua

riqueza contra minhas dúvidas. Durante anos muitas vezes afirmei que, embora não cometêssemos crueldade física, nossa fortuna era sustentada pela violência. Acho que meu pai reconhecia que eu partilhava sua natureza implacável e temia que minhas dúvidas me levassem à renúncia do mundo.

Durante algum tempo parecia que seus cálculos estavam corretos. Sabendo que meus anos na Europa eram limitados, dediquei-me a minha vida irresponsável com frenético prazer. Lindas mulheres eram atraídas por meus velozes carros esporte, pela fortuna que eu esbanjava nas discotecas da moda e por mim — pois consideravam-me um jovem bonito, com minhas feições aquilinas e meu corpo esbelto e musculoso. Ademais, a família mantinha luxuosas casas de férias, e eu era generoso em meus convites.

Se as indolentes *starlets* dos estúdios cinematográficos de Bombaim, as ambiciosas secretárias das empresas de diamantes europeias, as moças entediadas que frequentavam as discotecas alguma vez acharam que eu era um tanto violento ao fazer amor, não se importaram nada com isso ao receber meus profusos presentes e até se gabavam com as amigas de meu excesso de virilidade.

Pouco a pouco fui perdendo o gosto por essa vida de prazeres incessantes, e era exausto do último gozo que antevia o próximo. Aos vinte e seis anos já havia me cansado do mundo, sabendo que no próprio momento do prazer era lançada a semente de um novo desejo.

Quando meu pai disse que estava na hora de eu me casar, não me opus a partilhar minha vida com uma mulher que me era totalmente estranha. Fiquei aliviado ao pensar que não precisaria mais procurar novas maneiras de me divertir.

Foi fácil controlar minha inquietação depois que voltei à Índia. Minha esposa era uma criatura gentil que não conseguia abandonar a formalidade nem mesmo em nosso leito conjugal. Eu a tratava com a mesma cortesia, procurando apenas deixá-la à vontade em nossos momentos íntimos, sabendo que ela não tinha nem imaginação nem apetite para o prazer. Quanto a mim, não sentia falta dos excessos sexuais do passado, e, depois que nossos filhos nasceram — primeiro uma menina e a seguir um menino —, minha mulher se envolveu tanto com seus deveres de mãe que eu já não precisava fazer o papel de marido.

Na verdade não me importava com nada. Minha vida era como um sono sem sonhos, a rotina profissional sucedendo-se à rotina doméstica sem nenhum estremecimento.

Minha mulher adotou a prática de jejuar duas vezes por semana, e também passei a jejuar, quando mais não fosse porque me incomodava o peso que eu estava ganhando com minha vida inativa.

Convencido de que ganhara a batalha contra minhas dúvidas, meu pai providenciou para que um velho monge jainista me confirmasse a eficácia de meus jejuns, discursando sobre nossas tradições.

O velho monge tinha um ar de contentamento tão divertido que me afeiçoei a ele, embora não prestasse a menor atenção em seus discursos.

Todas as manhãs, antes de sair para o trabalho, eu escutava sua voz macia por sob a máscara de musselina que lhe cobria a boca assim como se escuta uma música que não é nem muito vigorosa nem muito suave, nem muito rápida nem muito lenta.

"Não se fie na tranquilidade de seu atual estado de espírito", alertou-me ele um dia. "Com certeza alguma reviravolta o aguarda."

Caçoei dele por fazer predições astrológicas como um hindu. O velho sacerdote me silenciou com inesperada severidade.

"Você acha que não passo de um velho que lê as escrituras em voz alta. Mas percebo que está reprimindo alguma coisa. E o que é reprimido explodirá."

Fiquei perplexo. Nunca falamos de assuntos pessoais. "Por que pensa assim?"

"Vejo-o afastando-se de sua vida, de seus bens. Você até parou de comer."

Pus-me a rir. "Chegou a essas conclusões porque eu acho que engordei demais?"

O monge ignorou meu sarcasmo. "Você correu mundo e pensa que viu tudo. Talvez tenha visto. Mas ainda não conhece os segredos do coração humano."

"Como pode falar em segredos, com sua vida impecável?"

"Minha vida não é impecável nem incomum. Aprendi isso com os ensinamentos de Maavira."

"Ah, sim, o Grande Mestre. O que ele podia saber sobre os simples mortais?"

"Que desejam ser livres. Muitos homens morrem antes de descobrir que trazem bem no fundo de si mesmos o desejo da liberdade, como um rio represado que espera ser solto. No entanto, o homem que vislumbrou a liberdade precisa receber ensinamentos."

Ri, porém ao mesmo tempo me vi intrigado com a possibilidade de que esse velho monge, com seu limitado conhecimento do mundo, soubesse de algum segredo do coração capaz de quebrar a casca de torpor que me envolvia.

Como se lesse meus pensamentos, ele disse espertamente: "O que você perderia ouvindo a descrição que Maavira faz do ceticismo e do niilismo que perturbam um homem quando descobre que não é livre, embora continue a desempenhar o papel que a sociedade lhe impõe?".

Eu estava pasmo. "Maavira falou sobre essas coisas?"

O monge se divertiu com minha reação e ofereceu-se para me transmitir maiores informações.

Passaram-se meses, e seus ensinamentos continuavam me surpreendendo. Ele conseguia prever como me sentiria muito antes de sobrevir a emoção, descrevendo-me os estados de meu desespero com maior precisão do que eu parecia capaz de experimentá-los. Disse-lhe que queria partilhar seus conhecimentos.

"Mas não tenho nenhum conhecimento. Só estou descrevendo o que outros, mais sábios do que eu, observaram."

Recusei-me a acreditar em suas palavras. Estava convencido de que ele tinha algum poder incomum e queria possuí-lo.

O monge tentou me precaver contra tal ambição. Não lhe

dei ouvidos. Eu havia me tornado igual a meu antepassado, decidido a transpor todas as portas que o velho sacerdote abrisse, da mesma forma que meu ancestral percorrera todas as ruelas do bazar até descobrir seus segredos.

Agora os dançarinos rodopiam sob o arco iluminado que assinala a rua que conduz ao casarão construído pela riqueza de meu ancestral. Meu pai me envolve o ombro com seu braço. Vejo lágrimas em seus olhos. Afasto os fios de diamantes solitários, ansioso para esconder minha mortificação ante a grandiosidade com que ele organizou minha renúncia ao mundo.

Volto-me para meu pai, sorrindo, porém sua dor me humilha, forçando-me a compreender que esse imenso desfile, essa enorme ostentação de caridade constituem apenas sua tentativa de dar aos outros o que o impedi de dar a mim, seu primogênito.

Ele me abraça, e sinto remorso por sua tristeza, da mesma forma como me enterneci outrora ante sua angústia.

Ao longo de minha infância meu pai me dizia que a capacidade de pressentir o perigo iminente era algo que só os maiores comerciantes possuíam. Ao crescer percebi que ele se orgulhava de estar entre o punhado de homens que a tinham.

Foi, talvez, o instinto que o levou a dissuadir-me de rever o velho monge. "Sua tranquilidade é sedutora. Mas você não faz ideia do preço que lhe deve ter custado."

Recusei-me, indignado. "Ele está tentando aliviar o sofrimento a sua volta. Para mim isso é muito bom."

"Fazemos mais bem com nossas instituições num único dia do que ele fará em toda a sua vida de monge. Sem nosso trabalho não haveria esmolas para ele viver da caridade."

Retomei minhas velhas acusações contra meu pai. "Pelo menos ele tem alguma humanidade. Você ajuda as pessoas só para ostentar seu poder."

Em vez de raiva, sua resposta continha medo. "Você não sabe o que diz. Não existe sofrimento mais duro que o dos monges jainistas. Nossos ascetas não acreditam em propósito da resistência. Apenas resistem à dor crescente, até não a temerem mais. Faço mais bem que eles, todos os dias, sem passar por seu sofrimento."

Minha mulher estava de pé à porta, ouvindo com preocupação as palavras ardentes de meu pai.

"A vida deles é mais triste do que você pode imaginar. Sabe o que significa ser um desses monges? Sabe que níveis de ascetismo eles têm de suportar?"

Meu pai falava com tanta veemência que não ousei interrompê-lo. "Sabe como esse velho monge sereno espera morrer? De fome. Observa o respeito à vida e o tempo todo age com o objetivo de negar sua própria vida."

Ele olhava para mim, aguardando minha resposta, porém eu não conseguia falar. Sua angústia dissipara o torpor de meu coração. Senti-me tomado de compaixão por ele, por mim, por minha esposa preocupada e curiosa, pela humana impotência que nos unia a todos.

Essa foi minha primeira experiência de *ahimsa*.

Ao tentar me intimidar, meu pai me fez entender que para evitar o sofrimento o homem deve ser capaz de sofrer, que o homem incapaz de sofrer não está vivo.

Meu pai não conseguia compreender por que eu precisava estar com o monge mais do que nunca, e eu não podia lhe explicar, pois a lição de *ahimsa* tem de ser assimilada pelo coração, não pela cabeça.

Contudo eu sabia que nunca poderia retornar à anestesia da riqueza que durante tanto tempo me deixara insensível ao sofrimento que poderia me tornar humano.

Falei com o velho monge sobre a compaixão repentina, inesperada, que o medo de meu pai havia provocado. "Mas durou pouco, e não a senti de novo."

"O coração humano precisa vencer muitos obstáculos para recuperar aquela visão até que *ahimsa* possa se tornar um estilo de vida."

"Estou decidido a transpor os obstáculos."

O velho monge sorriu. "Oh, meu jovem amigo inocente. Conseguirá superar o nojo ante todas as coisas das quais a riqueza de seu pai o protegeu? Conseguirá esmolar na imundície dos bazares? Conseguirá comer o que foi jogado fora? Enquanto não conseguir fazer essas pequenas coisas, não entenderá a não violência de *ahimsa*, nem se libertará do mundo."

O desfile parou diante de nossos portões, e os guardas estão conduzindo as carroças dos camelos e os cavaleiros para uma rua secundária. Algumas pessoas saem correndo da casa para ajudar meus parentes a se apear dos elefantes.

Ao passar pelos dançarinos, vejo as mulheres da casa chorando no terraço — minha mulher, minha mãe, minha cunhada, minhas primas. No entanto sei que estão conformadas com minha partida, suas lágrimas são apenas o que sobrou das emoções do dia.

As crianças me esperam na varanda para se despedir. São pequenas demais para entender o que estou fazendo, e não quero assustá-las; por isso abraço-as como em qualquer outra noite.

Quando chego a meus aposentos, os criados me ajudam a despir-me, livrando-me dos diamantes que me sufocaram o dia inteiro. Entro no silêncio de meu banheiro de mármore. De pé sob o chuveiro, deixo que a água fria e límpida remova de meu corpo a crosta de poeira e de minha mente as cenas caóticas do desfile. De repente o medo me paralisa. Esta será a última vez que abraçarei meus filhos ou rirei com meu irmão. A última vez que desfrutarei a privacidade de meu banheiro.

Um criado bate na porta. "O barbeiro chegou. Seu pai está chamando o senhor."

Perco as esperanças de me isolar. As cerimônias da renúncia foram longe demais. Enrolo uma toalha na cintura e saio para receber o barbeiro. Fora do quarto sete monges estão sentados em fila, as pernas cruzadas.

Ofereço minha cabeça ao barbeiro, e ele se põe a cortar meus densos cabelos. À medida que as mechas molhadas caem no chão a minha volta, os monges recitam as aflições que hei de suportar quando me tornar membro de sua irmandade.

"Não pertencerás a nenhuma casta.

"Serás insultado.

"Serás acossado pelos cães."

Meu pai chora, e ouço meu irmão tossir, tentando refrear a emoção enquanto o barbeiro me raspa a cabeça.

"Dependerás de estranhos para satisfazer tuas necessidades mais elementares.

"Eles desprezarão a fraqueza que abusa de sua caridade.

"Serás muito infeliz."

O barbeiro termina de raspar minha cabeça, e verifico com a mão se ele deixou os cinco fios de cabelo necessários para a cerimônia de *diksha*.

"Terás frio.

"Fome.

"Calor.

"Sede.

"Doença."

É estranho tocar a pele nua de minha cabeça. Sinto-a arrepiar-se de medo, enquanto os monges recitam sua litania de aflições, preparando-me para o futuro. Olho para meu pai, mas ele desvia o olhar. Nenhum de nós pode fugir à realidade de minha renúncia, e agora não posso lhe dizer que devia tê-lo escutado.

"Sentirás dor com tua constante caminhada.

"Sofrerás solidão.

"Chorarás por teus filhos.

"Serás privado dos cuidados de qualquer mulher, para que ela não desperte teu desejo."

À medida que ouve a cantilena, parece que meu pai vai mudando de personalidade. Após os excessos do desfile, está abatido, passa a noite inteira sentado comigo, porém à distância, como se já o assombrassem meu novo papel e os lembretes implacáveis dos monges mascarados que se encontram na escuridão reinante fora de meus aposentos.

Ele só se afasta de mim para voltar ao estádio, onde deve presidir o banquete que organizou para a imensa congregação. Agora os monges me entregam uma máscara de musselina para que eu a coloque sobre a boca. Dão-me três pedaços de pano que a partir de hoje hão de constituir toda a minha vestimenta, e vou ao banheiro trocar-me. Examino pela última vez minha imagem no espelho. Vendo os cinco fios de cabelo que pendem de minha cabeça raspada, sei que não tenho forças para suportar as privações de minha nova vida. Durante muito tempo fico ali de pé, a testa encostada nas paredes de mármore.

Quando finalmente saio, o velho monge me entrega uma vara à qual estão atados tufos de lã para limpar meu caminho e uma cuia de madeira para esmolar. Então entramos nos carros que esperavam para nos levar ao estádio.

Os monges separam-se de mim no portão. Sempre recitando sua cantilena, dirigem-se em fila para o pódio onde apenas vinte e quatro horas antes eu começara a me despedir do mundo de meu pai.

Meu pai vem a meu encontro. Vendo-me em trajes de mendicante, chora novamente, porém não posso consolá-lo. Toco-lhe os pés como filho pela última vez e entro no estádio.

A multidão está em silêncio, observando-me. Não consigo acreditar que este é o mesmo lugar e estas são as mesmas pessoas de ontem. Enquanto percorro o estádio, sinto um clima de tensa expectativa. O percurso é demorado, e ouço o ruído de meus pés descalços no barro ressequido do campo, enquanto a multidão silenciosa une as mãos em sinal de respeito a mim.

Finalmente subo a escada do pódio para juntar-me aos monges que salmodiam. De repente o estádio explode em aplausos. As pessoas estão de pé, aplaudindo e gritando palavras de estímulo. Durante meia hora fico postado diante delas, seus brados martelando-me os ouvidos. Mais uma vez desço e contorno o campo, buscando novamente as bênçãos dessas centenas de espectadores para meu ato de renúncia.

Eles ainda aplaudem quando volto ao pódio. Agora os monges pegam meu bastão e minha cuia. Ergo as mãos até minha cabeça raspada. O silêncio envolve o estádio, enquanto me preparo para imitar o último gesto de Maavira contra a vaidade.

Puxo um por um os longos fios de cabelo que o barbeiro deixara, rangendo os dentes de dor. Sinto o sangue escorrer-me do crânio. Toda vez que afasto a mão da cabeça, o povo grita como se partilhasse meu sofrimento.

Os monges me envolvem num círculo até a multidão não distinguir mais quem dentre nós hoje renunciou ao mundo. Nesse círculo fechado ouço os monges salmodiarem:

"Estarás livre da dúvida.

"Estarás livre da ilusão.

"Estarás livre dos extremos.

"Fomentarás a estabilidade.

"Protegerás a vida."

Meu pai me procura, porém não me encontrará. Tornei-me um estranho, as feições escondidas atrás de uma máscara de musselina.

E agora, meu amigo, meus irmãos monges me esperam em Mahadeo.

Não, não posso me demorar mais. Você tem de encontrar outra pessoa que responda a suas perguntas.

Se eu me atrasar, eles partirão, e me verei obrigado a procurar outra seita de mendicantes.

Não me peça isso, meu amigo.

Sou pobre demais para renunciar ao mundo duas vezes.

3.

HÁ ALGUM TEMPO A LEMBRANÇA DO MONGE me perturba. Quando me sento no terraço, antes do alvorecer, o rosto voltado para a nascente do rio, verifico que não consigo me concentrar, pois vejo seus olhos intensos acima da máscara branca que lhe cobre a boca — vejo-os tão nitidamente como se uma imagem fotográfica fosse projetada na escuridão.

No silêncio ouço o marulho das águas nas margens do rio e penso nos ascetas que meditam junto ao tanque sagrado em Amarkantak, buscando através das meditações libertar-se do ciclo de renascimento e morte.

Nessa hora vi algumas vezes o brilho frouxo de algo sendo levado correnteza abaixo e sabia que era o corpo de um asceta lançado ao rio com um carvão queimando em sua boca. Não posso deixar de me perguntar se um dia, sentado aqui no escuro, verei o corpo do monge boiando lá embaixo.

Ao entrar na selva para dar minha caminhada matinal, fico vagando por sob as árvores até chegar a hora de visitar Tariq Mia e evito as cavernas com medo de conversar com outro estranho. Para afastar meus pensamentos mórbidos admiro as flores vermelhas dos flamboyants, sacudidas pelos macacos que escalam as árvores. Ou paro entre os galhos apodrecidos ao redor de uma enorme figueira-de-bengala, semelhantes às colunas de um templo antigo, e observo os pássaros protegendo seus ninhos dos esquilos que correm através das folhas.

Quando chego ao topo da colina minha preocupação com o monge começa a esvaecer-se como o orvalho à luz do sol. Na margem distante do rio o sol da manhã bate em cheio nos canais que irrigam os campos, e vejo lavradores deslocando-se por trás de seus búfalos através de plantações viçosas nas quais se entremeiam fitas prateadas de água.

Agora estou ansioso para encontrar meu amigo. Embora Tariq Mia geralmente caçoe de mim, chegando algumas vezes até a dizer que sou pretensioso, há leveza em meu passo quando desço em direção ao vale que nos separa.

Uma ponte estreita atravessa o regato que corre junto à mesquita de Tariq Mia. Estendendo-se de um lado da mesquita há uma plataforma de mármore que conduz à tumba quinhentista do poeta e santo sufi Amir Rumi. Outra plataforma leva à residência de Tariq Mia. Atrás da mesquita as casas do vilarejo, caiadas de branco, compõem um delicioso quebra-cabeça na encosta da colina.

Há na cena uma placidez que sugere a calma de vidas simples ordenadas unicamente pela passagem das estações e pelo chamado à prece.

Uma vez por ano, entretanto, quebram essa calma cantores sufistas de toda parte da Índia que se reúnem junto ao túmulo de Amir Rumi para homenagear o santo e poeta no aniversário de sua morte. Durante dez dias e dez noites as plataformas de mármore ficam cobertas de tapetes, fogueiras brilham na encosta, as colinas ecoam cantares extáticos. Depois os cantores se vão, e a mesquita de Tariq Mia novamente se encerra em sua tranquilidade habitual.

Hoje, quando chego à casa de Tariq Mia, encontro as esteiras de junco colocadas em sua varanda, os almofadões encostados nas colunas e as peças para nossa partida de xadrez dispostas numa pequena mesa de madeira.

Tariq Mia se ergue na ponta dos pés para beijar-me as faces, sua barbicha branca roçando-me o queixo. "Que prazer inesperado! Como fiquei surpreso ao vê-lo na ponte!"

Um jovem estudante de teologia, o barrete negro de intelectual na cabeça, entra na varanda, trazendo uma bandeja de chá. Tariq Mia é um erudito islâmico de renome, e sempre há jovens sacerdotes estudando sob sua orientação. Percebo que o rapaz procura esconder seu sorriso. Faço a mesma coisa. Ambos sabemos que Tariq Mia aprecia o ritual solene da surpresa, embora me espere todos os dias.

"Não devia ter se incomodado com o chá. Seus alunos vão ficar aborrecidos comigo por lhes atrasar os estudos."

"Meus alunos darão graças a Alá por sua boa sorte, sabendo que têm de me suportar o resto do dia. Venha, irmãozinho, traga sua xícara para o tabuleiro de xadrez."

Tariq Mia tem quase oitenta anos, e, embora eu já tenha passado da meia-idade, não me ofendo quando me chama de "irmãozinho", nem quando assume uma postura de mestre durante a partida de xadrez.

O velho *mullah* parece capaz de ler meus pensamentos. Se estou deprimido, afasta repentinamente minha tristeza pondo--se a cantar. Nunca deixo de me comover com o desinibido prazer presente naquela voz trêmula que entoa seus cânticos sufistas de amor a Deus.

> *Meu coração se enreda nas mechas de Teus cabelos.*
> *Desfaleço na contemplação de Teus olhos de narciso.*
> *Todo o meu ser Te circunda.*
> *Não vês meu sangue transformando-se em hena*
> *Para adornar a planta de Teus pés?*

Ou ele me conta histórias, enquanto espera que eu mova um cavalo. Concentro-me tanto em preservar minhas peças que só vou entender o que me contou quando retomo meu caminho rumo ao bangalô.

Em nossos primeiros encontros eu não via muita coerência em suas reflexões, atribuindo-as às mudanças provocadas pela idade. Agora, quando Tariq Mia fita por muito tempo o tabuleiro de xadrez, sei que seus olhos, atentos como os de uma pantera, naquele rosto encarquilhado, estão prestes a fixar-se em mim e, já conformado com meu xeque-mate, carinhosamente vejo sua testa ampla vincar-se sobre o nariz adunco.

Hoje Tariq Mia não gostou de meus sombrios pensamentos sobre os ascetas mortos.

"O maior poeta da Índia também boiou por esse rio abaixo", comenta com certa acrimônia. "Kabir, o homem cujos poemas estabeleceram uma ponte entre sua fé e a minha. Medite sobre a escova de dentes de Kabir. Achará mais útil que pensar no cadáver de um asceta."

Desanimado com sua desaprovação, confesso que nunca ouvi falar na escova de dentes de Kabir.

Ele balança a cabeça, irritado. "Não conhece a história? Não sabe que Kabir desceu o Narmada limpando os dentes com um graveto? Ele jogou o graveto num banco de lama existente no rio. O graveto deitou raízes e transformou-se numa árvore enorme, a *Kabirvad*. Poetas e cantores e místicos vieram de toda a Índia para louvar a Deus em seus vários nomes à sombra da *Kabirvad*, mesmo nas piores épocas de massacre religioso."

Depois Tariq Mia me pergunta por que estou de repente tão preocupado com os ascetas. Falo-lhe de meu encontro. Tariq Mia é sábio demais para questionar minha perturbação com o jainista. Mantém os olhos fixos no tabuleiro de xadrez, deixando-me contar a história do monge até que me surpreendo descobrindo a fonte de minha inquietação.

"A culpa foi minha, eu acho. Fiquei tão encantado com suas suntuosas cerimônias de renunciação que não lhe pedi para me explicar suas primeiras palavras, 'amei só uma coisa na vida'. Agora ele foi embora e não me contou o que era."

Por fim Tariq Mia ergue os olhos do tabuleiro. "Mas é óbvio que lhe contou."

"O que era? A oração do asceta hindu que pede olhos na planta dos pés para poder manter seus próprios olhos fitos na face de Deus?"

Tariq Mia franze os lábios, desapontado. "Ele seguiu no rastro de um homem, não de um deus. Para que lhe serviriam olhos na planta dos pés?"

Peço-lhe que não brinque comigo e me diga o que o monge jainista amou.

"O coração humano, irmãozinho. Seus segredos."

"Que segredos?"

"O coração humano tem apenas um segredo. A capacidade de amar."

Vendo minha expressão de perplexidade, Tariq Mia suspira. "Oh, irmãozinho, você é tão infeliz? Nunca ardeu de amor?"

Pondero a pergunta. Sei que fui um filho cumpridor de meus deveres. Quanto a minha esposa, era uma presença familiar em minha casa e em minha cama, porém não tenho lembrança de um desejo ardente.

"Crianças! Venham cá, crianças!"

O chamado de Tariq Mia traz à varanda dois jovens estudantes, seus pijamas brancos e largos batendo-lhes nos tornozelos.

"Peguem o gramofone. Vão encontrá-lo em cima do *almirah* verde. Há um disco de capa marrom em cima do gramofone. Não o derrubem. As agulhas do gramofone estão numa caixa em minha escrivaninha."

Tariq Mia coloca a mão fina sobre a minha. A pele é tão transparente que vejo as veias pulsando sob ela enquanto esperamos os estudantes voltarem com o gramofone.

Um dos jovens entrega a Tariq Mia uma velha capa marrom, e ele solta minha mão para retirar o disco de seu invólucro. Limpa delicadamente com a manga a superfície de vinil, enquanto os estudantes acionam a manivela do aparelho e colocam uma agulha nova no velho braço.

O prato gira, e uma voz aguda corta o silêncio da manhã.

> *Prostro a cabeça sob Tua espada desembainhada.*
> *Ó, o prodígio de Tua bondade.*
> *Ó, o prodígio de minha submissão.*
>
> *No próprio espasmo da morte vejo Tua face.*
> *Ó, o prodígio de Tua proteção.*
> *Ó, o prodígio de minha submissão.*

A limpidez da voz, apesar do chiado do velho disco, é tão extraordinária, cada nota caindo no silêncio como uma gota d'água, que demoro algum tempo para compreender a ferocidade das palavras.

Não reveles a Verdade num mundo em que prevalece a blasfêmia.
Ó, maravilhosa Fonte de Mistério.
Ó, Sabedor de Segredos.

Descubro meu pescoço a Tua lâmina nua.
Ó, o prodígio de Teu domínio.
Ó, o prodígio de minha submissão.

Ao ver minha reação, Tariq Mia ri e retira o braço do disco. "Beba um pouco de chá, irmãozinho. Como pode dizer que renunciou ao mundo se sabe tão pouco sobre ele?"

Coloca a meu lado uma xícara de chá. Por um instante fica de pé na borda da varanda, olhando para a água que corre sob a ponte. Depois se volta para mim. "Deixe que lhe conte outra história, irmãozinho. Talvez o ajude a entender os procedimentos do coração humano."

Ele vem até a mesa de xadrez e lentamente se acomoda em sua almofada. "Esta história começa dois anos atrás, na festa que celebra o aniversário da morte de Amir Rumi. Estou velho, e os êxtases de nossos *quawwali* já não conseguem me manter acordado. Você sabe que eles cantam a noite inteira — nove, dez cantores de uma vez. Quando um se cansa, o outro prossegue, inebriando a todos com sua devoção, até que, embriagados com o canto, não se lembram mais da fadiga, em seu louvor a Deus."

Faço um movimento com a cabeça, mostrando que compreendo. Muitas vezes Tariq Mia me fala das canções extáticas dos sufis, que até levam os ouvintes a dançar, tomados de um arroubo religioso.

"Mas, como digo, estou velho e prestes a encontrar-me com Deus, de modo que não posso desperdiçar a pouca energia que me resta cantando a noite toda; assim, logo estava dormindo em minha cama, meus sonhos cheios da riqueza da música, cansado demais para ouvir as batidas em minha janela. Também não eram batidas fortes, apenas tapinhas insistentes na vidraça, que já deviam estar ocorrendo havia muito tempo quando por fim me acordaram.

"Abri os olhos e vi um rosto me espiando através da vidraça. Saí da cama, relutante, para abrir a janela. Um homem estava parado do lado de fora; vestia uma jaqueta fechada até a gola e um *dhoti* branco. Seus cabelos finos e grisalhos distanciavam-se da testa, e os óculos de aros grossos amplificavam a expressão assustada de seus olhos castanhos; ele se desculpou várias vezes por perturbar meu repouso.

"Levei algum tempo para convencê-lo a entrar. Quando finalmente ele entrou em meu quarto, acendi a lanterna e dei-lhe um copo de água, sem conseguir entender o motivo de sua presença. Seu traje mostrava que o visitante não era desta região do país. E parecia que a dor ressumbrava através de suas roupas, embora ele não estivesse chorando. Insisti para que me dissesse o que o perturbava.

"'O menino!', sussurrou.

"'Seu filho? Perdeu seu filho nestas colinas?'

"Entregou-me um disco, dizendo: 'O menino sempre quis cantar no túmulo de Amir Rumi'.

"'Como posso ajudá-lo, se não sei o que aconteceu?'

"'Ninguém pode me ajudar. Sou um assassino. Mas preciso dar a música do menino a Amir Rumi. Pode fazer isso por mim?'

"Peguei o disco, assegurando-lhe que seria guardado como uma valiosa oferenda à memória do santo.

"Ele pareceu aliviado, e percebi a suavidade de seus olhos. Pensando tranquilizá-lo um pouco, animei-o a falar sobre o crime do qual se acusava.

"Talvez o adiantado da hora, talvez o êxtase dos cantores, que se derramava pela janela aberta, tenham lhe dado forças para falar. No entanto, depois que começou, parecia que não conseguiria mais parar."

4. A HISTÓRIA DO PROFESSOR

MASTER MOHAN NÃO ERA UM HOMEM AMARGO. Embora levasse uma vida infeliz, sua natureza afável o dispunha a pequenas gentilezas — ajudar um estranho a apear-se de um riquixá, procurar nos bolsos um doce para uma criança —, e, quando passava pelas ruas estreitas que conduziam à avenida onde tomava o bonde para ir ter com seus alunos de música, era calorosamente cumprimentado pelos vizinhos, que em pequenas varandas tomavam a fresca.

"Boa noite, Master Mohan."

"Hoje tem aula noturna?"

"Quando voltar para casa, venha pelo lado mais iluminado da rua, Master Mohan. Hoje em dia é preciso tomar cuidado."

Perto da parada do bonde o *paanwallah*, passando pasta de lima em suas folhas de *paan*, sempre gritava de sua barraca de madeira: "Master! Master! Posso lhe dar um *paan*? Um pouco de folha de bétele vai ajudá-lo a suportar o sofrimento que é ouvir seus alunos cantarem".

Embora com isso perdesse seu lugar na fila, Master Mohan parava para conversar com o *paanwallah* e ouvir seus mexericos sobre as idas e vindas no bairro. E, assim, foi o primeiro a saber que os grandes cantores *quawwali* de Nizamuddin estavam chegando a Calcutá.

"Devia pedir a Mohammed-sahib que fosse com o senhor. O senhor é professor de música, ele ama a poesia. E os *quawwali* vão cantar tão perto, naquela mesquita do outro lado do bazar."

"Mas minha esposa não irá nem até ali para ouvir..."

"Esposa! Não me fale de esposa. Nunca levei a minha a lugar nenhum. Nada destrói o prazer de um homem mais que uma esposa."

Master Mohan sabia que o *paanwallah* estava sendo gentil. O desprezo que sua mulher lhe tinha não era segredo para ninguém naquela rua. As casinhas foram construídas umas sobre as outras, e sua esposa não se dava ao trabalho de baixar a voz. Todo mundo sabia que ela pertencia a uma família mais abastada que a do marido e mal conseguia sobreviver com o dinheiro que este ganhava com suas aulas de música.

"Que pecados cometi em minha vida passada para estar presa a esse sucedâneo de homem? Ainda é chamado de Master Mohan, como se tivesse apenas dez anos de idade.* Deviam chamá-lo de Guptasahib. Mas quem o respeita o bastante para fazer esse pequeno esforço?"

Os insultos da esposa reabriram uma ferida que poderia ter sanado se ela o deixasse em paz. O professor de música adquirira nome como menino cantor, seus admiradores lotando as salas de concerto para aplaudir a pureza de sua voz. Também professor de música, seu pai havia economizado cada *paisa*** que ganhara para investir na formação de Master Mohan, rezando para que um contrato com uma gravadora assegurasse o futuro do filho.

Mas um pobre professor de música leva muito tempo para cultivar relações com os proprietários de gravadoras. Durante quatro anos o pai de Master Mohan pediu ajuda às famílias ricas em cujas casas o filho cantava por ocasião de um casamento ou de um aniversário. Durante quatro anos plantou-se diante dos estúdios de gravação, sufocando a tosse, pois a tuberculose lhe devorava os pulmões, obrigando-se a viver até que o talento do filho fosse reconhecido, incitando o menino a ensaiar para aquele primeiro disco que certamente deslumbraria o mundo.

Quando finalmente surgiu um contrato para gravar, a voz de Master Mohan mudou de registro algumas semanas antes de elaborar-se o disco.

---

* *Master* também é uma forma de tratamento usada em inglês para meninos e rapazes, sem correspondente em português. (N. T.)
** *Paisa*: unidade monetária da Índia, do Nepal e do Paquistão, equivalente a um centésimo da rúpia. (N. T.)

Todos os dias sua mulher o lembrava de que nos anos seguintes sua voz não melhorara nada. "Sua família tem mau-olhado. Tudo que vocês tocam é maldito, tudo que ganham vocês perdem."

Às vezes Master Mohan tentava escapar dos insultos da mulher recordando aqueles quatro anos de felicidade que precederam o momento em que o cristal de sua voz se despedaçou, e com ele sua vida. Como os estridentes insultos prosseguissem, perfurando-lhe o cérebro, Master Mohan só conseguia lembrar-se de quanto seu pai sofrera ao pensar que o menino teria de renunciar a uma grande carreira como cantor e ser apenas mais um professor de música, tal qual ele próprio.

Seu pai fez um último esforço para ajudá-lo, contratando seu casamento com a filha de um rico proprietário do vilarejo apaixonado por música. Viveu o suficiente para assistir às bodas, mas não para comemorar o nascimento dos dois netos, nem para ver a avareza da nora, que, quando perdeu o pai e seus irmãos se apoderaram da riqueza da família, passou a depender dos ganhos do marido.

O orgulho impedindo-a de criticar a própria família, a mulher de Master Mohan responsabilizava-o pela perfídia de seus irmãos e dizia aos filhos que unicamente por causa da fraqueza e da estupidez do marido não tinham os criados, os carros, as belas roupas de países estrangeiros que lhes cabiam por direito.

"Nunca hei de me perdoar pelo pai que impingi a vocês, aquela criatura lamentável. Venha, Babloo; venha, Dolly. Comam uma fruta. Deixem que ele faça seu chá."

Concluiu-se a crueldade com tal perfeição que os filhos de Master Mohan desprezavam sua música tanto quanto o desprezavam, assumindo o descaso da mãe.

Depois de dar aulas de música o dia inteiro, Master Mohan ainda tinha de preparar sua magra refeição, que tomava no pequeno terraço do alto da casa para fugir ao desprezo da mulher. Entretanto não conseguia escapar da estridente música de filme transmitida pelo rádio, nem do barulho do gramofone que ecoava pela estreita escada de pedra que conduzia ao terraço. Punha-se então a tossir, e por vezes tão ruidosamente que a mulher ou os filhos corriam escada acima, gritando-lhe para ficar quieto. Master Mohan bem que tentava, porém não conseguia parar de tossir. Era uma reação nervosa à capacidade que sua família possuía de silenciar a música que ele ouvia mentalmente.

Assim, quando o *paanwallah* lhe falou dos cantores *quawwali*, Master Mohan se viu sonhando acordado no bonde. Nunca ouvira os grandes cantores de Nizamuddin, onde a música *quawwali* nascera havia setecentos anos. Contudo sabia que Nizamuddin fora a fonte da qual brotaram os poemas e canções dos grandes místicos sufistas que se espalharam pela Índia; sabia também que ainda hoje seus professores formavam os melhores músicos *quawwali* do país. Não conseguia acreditar em sua boa sorte — sete noites longe da mulher e dos filhos, ouvindo música. E ainda mais: de graça.

Ao voltar de suas aulas naquela noite, parou diante da casa de Mohammed-sahib. Encontrando-o na varanda, perguntou-lhe timidamente se ia ouvir os cantores *quawwali*.

"Só se você for comigo. Sou um pobre tolo que nunca entende o que ouve até alguém explicar."

Assim, combinaram tudo, e na semana seguinte, ao preparar sua refeição singela, Master Mohan mal ouviu os gritos da mulher e dos filhos; depois comeu com prazer, enquanto eles escutavam sua barulhenta música de filme.

"Veja se não acorda a casa inteira quando voltar!", a mulher gritou quando ele saiu.

No momento em que Master Mohan e Mohammed-sahib chegaram à tenda armada junto à mesquita, a cantoria havia começado, e as crianças do bazar se apinhavam, curiosas, nas entradas.

Mohammed-sahib espiou por sobre as cabeças da menina-da e mostrou-se desapontado. "Chegamos muito tarde. Não há nenhum lugar para sentarmos."

Master Mohan se recusou a desistir tão facilmente. Passou

por entre as crianças e pôs-se a procurar um lugar vazio na tenda lotada de gente que, embevecida e atenta, escutava a apaixonada música religiosa rompendo-se em ondas sobre suas cabeças.

Sentiu uma emoção conhecida ao conduzir o amigo até um pequeno espaço entre as fileiras de pessoas que se apinhavam no chão. As lâmpadas fluorescentes piscando nos tirantes da tenda, o cheiro de mofo que se desprendia dos tapetes de algodão espalhados pelo piso trouxeram-lhe de volta os concertos de sua infância, e a compressão em seu íntimo começou a desfazer-se.

No pódio nove executantes estavam sentados de pernas cruzadas num semicírculo ao redor de um harmônio e de um par de tablas. Um velho xeque de Nizamuddin instalara-se de um lado, a barba branca desaparecendo entre os mantos largos que flutuavam a sua volta. De quando em quando, comovido com a música, um espectador dava dinheiro ao xeque, que o recebia como uma oferenda a Deus e o colocava perto dos tablas que lançavam na noite sua batida vibrante.

Quanto mais os cantores se empolgavam com sua música, mais Master Mohan sentia diminuir o peso que carregava, como se o enlevo da canção que passava de uma garganta a outra o erguesse num êxtase havia muito esquecido.

Por duas vezes Mohammed-sahib se levantou para depositar dinheiro aos pés do xeque. Vendo-o passar por sobre muitas pernas cruzadas até chegar ao palco, Master Mohan envergonhou-se de sua pobreza, que o impedia de expressar gratidão aos cantores por reavivarem emoções que julgava mortas.

Depois de duas horas, exauridos seus fundos e sua paciência, Mohammed-sahib foi para casa. Pouco a pouco a tenda foi se esvaziando até sobrarem apenas algumas crianças mendigas, que adormeceram nos tapetes de algodão. Master Mohan consultou o relógio. Eram três horas da madrugada.

De repente uma jovem segurando a mão de uma criança aproximou-se do pódio e sussurrou alguma coisa ao xeque. Este se debruçou sobre os cantores e limpou-lhes o suor da testa.

O cantor principal balançou a cabeça, cansado, e a jovem

subiu a escada, puxando a criança. O menino tropeçou duas vezes e teve de se esforçar para recuperar o equilíbrio. Por fim subiu ao pódio, as duas mãos estendidas a sua frente. Master Mohan percebeu que o menino era cego, pois a mulher o conduziu para perto dos cantores.

O cantor principal entoou um verso. Os demais fizeram o coro. O cantor principal entoou outro verso, o braço estendido para o menino, que não conseguia vê-lo. Os cantores o tocaram, e o menino assustado se pôs a cantar duas oitavas acima dos outros.

> *Prostro a cabeça sob a lâmina de Tua espada.*
> *Ó, o prodígio de minha submissão.*
> *Ó, o prodígio de Tua proteção.*

Era uma voz que Master Mohan ouvira apenas em sonho.

> *No próprio espasmo da morte vejo Tua face.*
> *Ó, o prodígio de Tua proteção.*
> *Ó, o prodígio de minha submissão.*

Até esse momento ele acreditara que tal pureza era algo que só se podia imaginar, pois a voz humana jamais conseguiria tê-la.

Master Mohan foi se arrastando até sentar-se ao lado da jovem.

"Quem é essa criança?", perguntou.

A moça voltou-lhe um rosto amável, contraído pela preocupação. "É meu irmão, Imrat. Essa é a primeira canção que meu pai lhe ensinou — a canção dos filhos dos *quawwali* de Nizamuddin."

Lágrimas brilhavam nos olhos grandes. À luz das lâmpadas fluorescentes eles adquiriam as dimensões de pérolas enormes. "No ano passado fui com Imrat para Calcutá vender meus bordados. Enquanto estávamos lá, inundações terríveis destruíram nossa aldeia. Nosso pai, meu marido, todos morreram."

Master Mohan olhou para o palco. Os cantores já estavam

inebriados pela força de suas vozes reunidas, e não se conseguia mais distinguir a voz singular da criança de todas as outras que louvavam a Deus.

Não reveles a Verdade num mundo em que prevalece a blasfêmia.
Ó, maravilhosa Fonte de Mistério.
Ó, Sabedor de Segredos.

A mulher cobriu o rosto com as mãos. "Prometeram-me um emprego de criada na casa de uma família que está se mudando para o norte da Índia, mas não posso levar meu irmão, porque ele é cego. Espero que o xeque leve Imrat para Nizamuddin até eu ganhar o bastante para mandar buscá-lo."

Ao escutar a voz aguda, Master Mohan sentiu que as lágrimas lhe enchiam os olhos.

Prostro a cabeça sob a lâmina de Tua espada.
Ó, o prodígio de Teu domínio.
Ó, o prodígio de minha submissão.

Na noite seguinte Mohammed-sahib confessou: "Não sou musical como você, Master. Deus há de me perdoar por não acompanhá-lo esta noite".

Assim, Master Mohan foi sozinho ouvir os cantores *quawwali*. A jovem e o pequeno cego estavam sentados junto ao pódio, onde permaneceram mesmo depois que os outros espectadores foram embora.

O professor de música esperou a noite inteira para ouvir novamente a voz pura da criança, mas dessa vez o menino não se juntou aos cantores no palco. Na noite seguinte e na outra Master Mohan ficou decepcionado por não encontrar a moça e seu irmão.

Na quarta noite foi o último a deixar a tenda. Andando apressado pelas ruelas desertas do bazar escuro, ouviu alguém chamá-lo às suas costas. "*Sahib*, espere. Pelo amor de Alá, escute-nos."

Ele se voltou sob o poste solitário no final do bazar. A jovem caminhava em sua direção, puxando o pequeno cego.

"Por favor, *sahib*. Os cantores *quawwali* estão viajando pela Índia. Não podem levar meu irmão com eles, e eu preciso começar a trabalhar dentro de dois dias, senão perco o emprego. Tem um rosto bondoso, *sahib*. Não pode ficar com Imrat? Ele é trabalhador. Pode varrer ou picar legumes. Basta lhe dar comida e um lugar para dormir até eu conseguir mandar buscá-lo."

Um bêbado cambaleava na direção do poste. "Quanto custa a mulher, cafetão? Faça um desconto. Hoje ela não vai achar outro freguês."

A moça se encolheu na escuridão, agarrando a criança nos braços. "Pelo amor de Alá, *sahib*. Ajude-nos. Não temos para onde ir."

Para seu espanto Master Mohan ouviu-se dizendo: "Sou professor de música. Levarei seu irmão como meu aluno. Agora você deve voltar para a segurança da mesquita".

Obediente, a jovem tomou a ruela escura. Master Mohan ficou feliz por ela não poder ver a expressão de seu rosto, pois certamente perceberia o medo provocado pela oferta que fizera.

Na entrada da tenda ele falou: "Amanhã à noite venho buscar o menino".

A mulher virou o rosto para esconder sua gratidão e murmurou: "Por favor, *sahib*, tenho um último pedido. Cuide para que meu irmão siga as práticas do islamismo".

Na manhã seguinte Master Mohan foi à esquina da avenida consultar o *paanwallah*.

"Você fez o quê, Master? Sabe o que sua mulher e seus filhos vão fazer com esse pobre menino?"

"Não haverão de magoar uma criança indefesa!"

"Sua mulher nunca vai permitir que você fique com o menino. Dê alguma desculpa para a irmã. Não se meta nisso!"

Enquanto conversavam, Mohammed-sahib se aproximou.

"Não consegui evitar", disse Master Mohan. "A moça estava chorando. Se perder o emprego, como vai dar de comer a ela mesma e ao irmão cego? Esta não é uma cidade para uma jovem sozinha."

Mohammed-sahib cofiava o bigode. "Você fez uma coisa muito boa, meu amigo. Proíba sua mulher de interferir em seus assuntos. É você que alimenta e veste sua família e lhe dá um teto. Você decide quem há de partilhar esse teto, e sua decisão é definitiva e irreversível." Deu um tapinha nas costas de Master Mohan e dirigiu-se à parada do bonde.

O *paanwallah* balançou a cabeça. "Esse sujeito é emproado como um pavão. É fácil dar conselhos quando não lhe custam nada. Não vá buscar o menino, Master."

Todavia, Master Mohan não podia trair a confiança da jovem e, assim, voltou à tenda naquela noite. Encontrou Imrat chorando, agarrado às pernas da irmã, e pegou-o nos braços. A moça procurava consolar o menino. "Vou escrever sempre. Estude bastante com seu bondoso professor até eu mandar buscá-lo. Você nem vai sentir o tempo passar, e, quando menos esperar, estaremos juntos outra vez."

A criança dormia quando Master Mohan entrou em sua casa silenciosa. O professor de música subiu a escada de pedra até o terraço e deitou o pequeno cego no colchão de pano, feliz porque ele se enrolou em seu xale rasgado e continuou dormindo.

Bem, você pode imaginar como a mulher dele gritou na manhã seguinte ao descobrir o que Master Mohan havia feito. Sua raiva não diminuiu com o passar dos dias. Na verdade piorou. Todo dia, ao voltar de suas aulas de música na cidade, Master Mohan encontrava a mulher esperando-o na porta com novas reclamações sobre a insolência, a inépcia, a gula do pequeno cego. O ataque continuava na cozinha, onde Master Mohan tentava preparar a comida para si e para Imrat, e ela o perseguia pela estreita escada de pedra, de modo que todos a ouviam esbravejar seus insultos por sobre os telhados.

Como Master Mohan se recusasse a jogar o menino na rua, Dolly e Babloo abraçaram exultantes a causa da mãe, queixando-se de que, com outra boca a partilhar os alimentos, já não tinham o bastante para comer. À noite colocavam o gramofone no último degrau da escada de pedra, bem na entrada do terraço, para que Imrat não conseguisse ouvir o fraco bordão do *tanpura* com que Master Mohan lhe dava o tom para sua aula de música. Não lhe entregavam as cartas da irmã e às vezes chegavam a rasgá-las antes que Master Mohan voltasse e pudesse lê-las para ele.

Master Mohan de algum modo descobriu em si mesmo uma força igual à crueldade de sua família para com o pequeno cego. Providenciou para que as cartas do menino fossem entregues ao *paanwallah* e, nas raras ocasiões em que entrava em casa e constatava que a família saíra para visitar os amigos, encorajava Imrat a parar de se encolher junto às paredes e virar criança de novo. Preparava um prato especial, deixando o menino participar das atividades, estimulando-o a comer à vontade. Depois levava-o para o terraço. Dedilhava as cordas de seu *tanpura* até encontrar o tom mais adequado à voz do pequeno cego e pedia-lhe que cantasse.

Ao ouvir as notas cristalinas cortando a noite, entendia que se tornara guardião de algo raro, como se até o momento sua vida não tivesse passado de uma purificação que o habilitara a cuidar daquela voz para o mundo.

Um dia o professor de música voltou tarde de uma aula e encontrou sua filha segurando Imrat enquanto seu filho tentava enfiar carne de porco na boca do menino. Os olhinhos sem luz estavam arregalados, lágrimas corriam pelas faces da criança. Pela primeira vez na vida Master Mohan bateu nos filhos. "Ele tem só nove anos. Como podem torturar uma criatura muito menor que vocês! Saiam desta casa e tratem de aprender a se comportar civilizadamente!"

Com essas palavras estava declarada a guerra na casa de Master Mohan. Sua mulher o acusou de bater nos próprios filhos por causa de sua preferência por um mendigo cego, proferindo ameaças tão furiosas contra a criança que Master Mohan teve medo de que o menino fugisse.

Mohammed-sahib não se dispôs a ficar com Imrat em sua casa, apesar do eloquente pedido do professor de música. Ao ouvir as complicadas desculpas de Mohammed-sahib, Master

Mohan compreendeu que o amigo só queria evitar o desprazer de enfrentar sua mulher.

"Bem que eu avisei, Master", disse o *paanwallah*, satisfeito, ao saber da resposta de Mohammed-sahib. "Aquele homem só é bom para dar conselhos. Agora não lhe resta outra coisa a fazer. Vá ao parque de manhã cedo. Tirando as cabras e os pastores, lá ninguém há de incomodá-lo. Não desista, Master. Afinal, existe todo um mundo onde é possível ficar longe dos aborrecimentos de sua casa."

Assim, o professor de música acordou seu pequeno pupilo antes do amanhecer, e os dois tomaram o primeiro bonde do dia para ir ao grande parque que é o centro de Calcutá.

Uma vez no parque, Master Mohan conduziu Imrat pela mão entre homens e mulheres sem teto, envoltos em farrapos, adormecidos sob os grandes carvalhos ingleses que se tingiam de vermelho a cada piscar dos anúncios em néon; deixou para trás os pastores que, junto a suas latas de alumínio, ocupavam-se de mexericos até chegar a hora de ordenhar as cabras que pastavam na relva; e dirigiu-se às balaustradas brancas que rodeavam o mausoléu de mármore do Victoria Memorial.

Ali passou a esteira e o *tanpura* por entre os balaústres e delicadamente ergueu Imrat, colocando-o no topo do muro. Depois saltou para o outro lado, pegou o menino e depositou-o no chão, os dois tão silenciosos na escuridão que não perturbaram o sono da sentinela em sua guarita.

Então Master Mohan desenrolou a esteira, que ainda cheirava a campo verde, e acomodou Imrat a seu lado.

Em seguida tocou no *tanpura* as primeiras notas do *raga* matutino. Para sua alegria a criança repetiu a escala sem errar.

Master Mohan explicou a importância do *raga*, iniciando o menino no mistério do renascimento do mundo, quando a luz dispersa as trevas e Vishnu sai de sua modorra para ressonhar o universo.

Mais uma vez Imrat cantou a escala, porém havia uma nova ressonância em sua voz. Ele não podia ver a mancha obscura da cerca que contornava o hipódromo distante, nem o topo do Ochterlony's Needle surgindo por entre a fumaça das fogueiras ilegais que os mascates acendiam junto à base do obelisco. Não podia ver nem mesmo o guarda que espiava de sua guarita, a mão meio erguida para expulsá-los dos jardins, paralisado nesse gesto pela voz do pequeno cantor. Via somente a força do *raga* matutino e, sonhando com visões de luz, conduzia a voz para elas, convencido de que enxergar dependia apenas de um semitom.

Temendo que o *raga* forçasse a voz da criança, Master Mohan pediu-lhe que entoasse um cântico religioso. Imrat obedientemente voltou a cabeça para o calor dos primeiros raios de sol e cantou:

> *O ardor de Tua presença*
> *Cega-me os olhos.*
> *Empola-me a pele.*
> *Murcha-me a carne.*

> *Não Te afastes de mim com aversão.*
> *Ó Amado, não vês*
> *Que tão somente o Amor me desfigura?*

O professor de música acariciou-lhe a cabeça. "É uma bela oração. Onde você aprendeu esse cântico?"

As lágrimas nublaram os olhos enevoados. "É um poema de Amir Rumi. Meu pai me disse que um dia ele e eu o cantaríamos juntos no túmulo de Amir Rumi."

Master Mohan tomou a criança nos braços. "Você vai cantar no túmulo de Amir Rumi, eu lhe prometo. E lá do céu seu pai ouvirá sua voz. Vamos, cante mais uma vez para eu poder ouvir como se deve."

O menino assoou o nariz e novamente impressionou o professor de música com o poder de sua voz.

> *Não Te afastes de mim com aversão.*
> *Ó Amado, não vês*
> *Que tão somente o Amor me desfigura?*

Nesse instante uma repentina convicção arraigou-se no espírito de Master Mohan. Ele tinha certeza de que Deus estava lhe dando uma segunda voz, maior que todas que já ouvira, maior do que a sua poderia ter sido. Sabia que uma voz como aquela só deveria ser usada para louvar a Deus; de outra forma o destino o castigaria novamente, roubando-a dele.

Finalmente convencido de seu objetivo como professor, Master Mohan perguntou ao menino: "Seu pai lhe ensinou as orações de Kabir? Você conhece este hino?".

Tocou algumas notas em seu *tanpura*, e Imrat respondeu empolgado, escancarando a garganta para conter a alegria do místico.

> *Ó servo, onde Me procuras?*
> *Não Me encontrarás no templo ou na mesquita,*
> *Em Kaaba ou em Kailash,*
> *Na ioga ou na renúncia.*
> *Canta Kabir: "Ó tu que procuras, encontrarás Deus*
> *No alento de todos os alentos".*

E então aconteceu uma coisa extraordinária. Alguém jogou uma moeda por sobre o muro, e ela caiu bem na frente de Master Mohan. O professor de música levantou-se. Do outro lado da balaustrada, apenas visível na primeira luz do alvorecer, avistou um grupo de pastores de cabras apoiados no muro.

Na manhã seguinte as pessoas já os esperavam, e o guarda acenou para Master Mohan e Imrat, deixando-os benevolentemente passar pelo portão. Espalhara-se pelo parque a notícia de que um pequeno cego com uma voz de anjo cantava nos jardins do Victoria Memorial. Pastores de cabras, mascates, refugiados com os filhos amontoados sobre eles pacientemente esperavam na escuridão que Imrat se exercitasse nas escalas do *raga* matutino antes de receber a permissão de Master Mohan para entoar os cânticos religiosos que lhes dariam a capacidade de suportar por mais um dia a indignidade de suas vidas.

Todas as manhãs ouviam o professor de música ensinando a seu discípulo as canções de Kabir e Mirabai, de Khusrau e Tulsidas, de Chisti e Chandidas, os poetas e místicos errantes que tornaram a alma da Índia visível para ela mesma. Às vezes até pediam ao menino que repetisse uma canção, e Master Mohan observava sua reação ante a pureza dos versos transmitidos com tamanha inocência pela voz de Imrat.

Para expressar sua gratidão passaram a deixar pequenas oferendas na balaustrada: frutas, moedas, umas poucas rúpias amassadas. E, quando terminava a aula matinal, os mascates se apinhavam ao redor de Master Mohan e Imrat para oferecer-lhes um copo de chá fumegante e doce ou uma *samosa* quentinha, saída diretamente da frigideira de ferro.

No espaço de uma semana a plateia do menino cresceu. Gente rica que dava sua caminhada matinal parava junto ao muro, atraída pela beleza daquele canto.

Alguns procuram Deus em Meca,
Alguns procuram Deus em Benares.
Cada um encontra seu próprio caminho e o centro de sua adoração.

Alguns O adoram em Meca.
Alguns em Benares.
Mas eu centralizo minha adoração na sobrancelha de meu Amado.

Com o passar das semanas mais e mais pessoas incluíram a balaustrada em sua rotina matinal, a ponto de Master Mohan conseguir reconhecer muitos rostos, e todos os dias ele sorria para uma jovem que dobrava uma nota de dez rúpias e a colocava numa fenda do parapeito.

Quando o professor de música e o menino desciam do bonde, o *paanwallah* gritava-lhes parabéns a fim de fortalecê-los para enfrentar a mulher furiosa que os esperava em casa.

"Bem, pequeno Master Imrat. Sua fama vem se espalhando por Calcutá. Logo você estará rico. Quanto dinheiro ganhou hoje?"

"Treze rúpias." O pequeno cego impelia o professor de música na direção da voz do *paanwallah*. "Quanto temos agora?"

"Ainda falta muito o que ganhar, Master Imrat. Mas aqui está mais uma carta de sua irmã."

O *paanwallah* guardava o dinheiro do menino para que a esposa de Master Mohan não o tomasse. Imrat sonhava ganhar com seu canto dinheiro suficiente para voltar a morar com a irmã e cantava com força renovada quando recebia uma carta dela.

Foi, talvez, o fervor que havia em sua voz na manhã seguinte à chegada de mais uma carta da irmã que fez o milagre acontecer.

Imrat estava terminando sua canção quando um homem de paletó gritou: "Vamos, vamos, meu bom homem. Não tenho a manhã inteira. Você sabe ler inglês?".

O professor de música largou seu *tanpura* e foi até a balaustrada. Sem nem ao menos olhá-lo, o homem entregou-lhe um papel, voltando-se para a mulher a seu lado. "Esse menino tem nome ou não? Não pode assinar um contrato de gravação sem um nome."

Master Mohan empertigou-se todo para defender a dignidade da criança, embora o homem de paletó estivesse de costas para ele. "O menino é cego e não sabe ler nem escrever. Mas eu sou seu guardião. Posso assinar por ele."

"Ótimo. Apareçam no estúdio hoje à tarde para os engenheiros fazerem um teste preliminar. É isso que você quer, não é, Neena?"

Sua companheira ergueu o rosto, e Master Mohan reconheceu a mulher que diariamente deixava dez rúpias no muro.

Ela sorriu ante sua reação. "Esse garoto talentoso é seu filho?"

Timidamente Master Mohan lhe contou a história de Imrat, suprimindo tudo que pudesse valorizar seus próprios atos e limitando-se a enaltecer o talento do discípulo. Percebia interesse nos olhos da mulher, porém o homem a puxava pelo braço. "Fascinante, fascinante. Bem, trate de chegar ao estúdio às quatro em ponto. O endereço está no contrato."

Master Mohan examinou o papel. "Não diz nada sobre pagamento."

"Pagamento?" O homem de paletó olhou-o pela primeira vez. "Ele canta no parque para ganhar uns trocados, e você se atreve a falar em pagamento?"

"Não somos mendigos." Master Mohan não acreditava em sua própria temeridade. "Sou professor de música. Dou aulas ao menino aqui para não incomodar nossa família."

A mulher colocou a mão no braço do companheiro. "Não seja tão malvado, Ranjit. Ofereça a ele mil rúpias. Vai ver que é um bom investimento."

O homem sorriu, condescendente. "Você é a irmã mais exigente que um sujeito já teve. Dê-me esse papel." Tirou uma caneta do paletó e rabiscou a soma, assinando o nome em seguida.

Master Mohan dobrou o papel e guardou-o no bolso. Ao erguer os olhos, viu dois homens observando-o do outro lado do muro. Seus cabelos oleosos e seus dentes manchados o assustaram, trazendo-lhe lembranças dos músicos que ficavam diante das grandes casas nas quais cantara na infância aguardando ordens para fazer entrar as dançarinas, que muitas vezes nunca haviam dançado antes de ir para a cama com músicos como aqueles.

A caminho de casa Imrat ergueu os olhos cegos para seu mestre e murmurou: "Quanto é mil rúpias? É o bastante para achar um lugar para morar com você e minha irmã?".

O professor de música abraçou-o. "Se o disco fizer sucesso, você poderá morar com sua irmã. Agora precisa repousar. Não pode estar cansado hoje à tarde."

Quando desceram do bonde, o *paanwallah* gritou: "Ontem à noite dois músicos perguntaram por você, Master. Hoje foram ouvir Imrat?".

O menino interrompeu o *paanwallah*. "Vamos gravar um disco e ganhar um monte de dinheiro."

"Um disco, Master Imrat! Trate de cantar direitinho. Depois vou comprar um gramofone para ouvir."

O professor de música não se surpreendeu ao ouvir seu

pequeno discípulo cantar como cantou naquela tarde. O menino não podia ver o microfone pendendo do fio coberto de moscas, nem os rostos entediados que o observavam através do painel de vidro. Via somente a si mesmo nos braços da irmã, e, quando o engenheiro de som lhe ordenou que cantasse, sua alegria ressoou pelo estúdio.

"O garoto tem talento", um dos técnicos admitiu com relutância quando Imrat terminou a canção. "Seu senso de tempo é tão exato que podemos gravar estas músicas tal como estão."

Seu colega desligou o microfone. "Ranjit-sahib vai ficar muito contente. Vou chamá-lo."

Poucos minutos depois, o homem de paletó entrou na sala, acompanhado de seus engenheiros. "Muito bem, rapazinho. Agora minha irmã vai me deixar em paz, finalmente. Desde que ouviu você cantar, não fala de outra coisa."

Afagou a cabeça de Imrat. "Volte daqui a dez dias. Se os engenheiros estiverem certos, e não precisarmos regravar nada, eu lhe darei mil rúpias. O que um garotinho como você vai fazer com tanto dinheiro?"

Mas saiu antes que o pequeno cego conseguisse responder.

Master Mohan não se atreveu a acalentar nenhuma esperança até o disco ficar pronto. Para evitar que o menino acreditasse com demasiado fervor que em breve estaria com sua irmã, continuou a dar-lhe aulas no parque, onde procurava não se alarmar ao ver os mesmos dois homens sempre na balaustrada, sorrindo-lhe, balançando a cabeça para mostrar que apreciavam o fraseado de Imrat.

Um dia os homens seguiram Master Mohan e Imrat até o bonde, esperaram que ficassem sozinhos e abordaram o professor de música para apresentar-lhe sua proposta.

"Um grande *sahib* quer ouvir o garoto."

"Não, não. Estamos ocupados demais." Master Mohan colocou o menino à sua frente. "Ele está gravando seu primeiro disco. Precisa estudar."

"Não seja bobo, cara. O *sahib* vai pagar muito bem para ouvir a voz do moleque."

"Quinhentas rúpias, cara. Pense nisso."

"Mas seu *sahib* pode ouvir o menino de graça no parque."

Eles riram, e Master Mohan sentiu o velho medo ao ver seus dentes manchados de bétele. "Os grandes homens não se misturam com a multidão, que se diverte com pouca coisa. Não, prazer para eles tem de ser na intimidade dos palácios."

"Primeiro o garoto precisa terminar o disco."

"Claro. Mas depois..."

"A gente vem aqui todos os dias de manhã, Master."

"Vocês não escapam de nós."

Para pavor de Master Mohan, os homens iam ao parque diariamente e, debruçados sobre o parapeito, esperavam a pequena multidão de admiradores dispersar-se para então se aproximar do pequeno cego.

"Por favor, Master Imrat, tenha pena de um homem que adora música."

"As responsabilidades do *sahib* não o deixaram seguir sua própria vocação de cantor."

"Ele poderia ser um grande cantor como você, Master Imrat, se não se visse obrigado a cuidar dos negócios da família."

O professor de música observava o sorriso afetado dos dois homens que tentavam conquistar a simpatia de seu discípulo.

"Seu canto vai aliviar o sofrimento do *sahib*, que não pôde fazer o que mais amava na vida."

"Se você cantar bem, ele vai lhe dar folhas do tamarindeiro de Tansen, para que sua voz se torne imortal como a de Tansen."

Master Mohan sabia que os dois homens haviam estudado música, como Imrat estudava agora, até que a pobreza os levou a satisfazer os vícios e caprichos dos ricos. Até mesmo por desprezá-los, sentia-se aliviado ao pensar que o disco de Imrat o salvaria de uma vida semelhante.

Então eles voltaram sua atenção para o professor de música.

"A gente falou para o grande *sahib* que o moleque tem uma voz que só se ouve uma vez em quinhentos anos."

"O *sahib* é um sujeito importante, cara. Pode até dar um

jeito de fazer o menino ser convidado para o Festival de Música de Calcutá."

Master Mohan ficou zonzo ao considerar a possibilidade de seu pupilo cego, que oito meses antes não era muito mais que um mendigo, ser convidado para cantar na companhia dos mestres da Índia. Os grandes professores de canto sempre compareciam ao festival. Um deles poderia até se oferecer para burilar a voz pura de Imrat, levando-a a atingir a perfeição que não se ouvira mais no país desde que o próprio Tansen cantara para o grão-mogol. Master Mohan quase cedeu, porém conseguiu controlar-se o suficiente para repetir: "Vocês precisam esperar o menino terminar a gravação".

Felizmente não teve de passar muito tempo pensando na tentadora oferta dos dois homens.

No dia em que levou seu discípulo novamente ao estúdio, encontrou a jovem Neena sentada numa poltrona em frente à escrivaninha do irmão.

"Toquei este disco para o diretor da rádio. Ele acha que Master Imrat é muito promissor e deve estudar com os melhores professores disponíveis. Um talento como o dele não pode ficar exposto à poeira e aos germes do parque. Temos alguns quartos vazios sobre uma de nossas garagens. Ele passará a morar ali."

A mulher abraçou o menino. "Você não gostaria de ficar comigo? Sua irmã poderia trabalhar em minha casa, e seu professor viria vê-lo todos os dias."

O pequeno cego assentiu com a cabeça, feliz, e a jovem entregou a Master Mohan duas cópias do disco e um envelope de dinheiro. "Então está combinado. Assim que sua irmã chegar a Calcutá, os dois vão morar em minha casa."

O professor de música pegou os discos, mas deixou o envelope de dinheiro na mão de Neena a fim de que o guardasse para a irmã de Imrat.

"E não vamos ganhar nada para dar de comer e vestir a esse estupor que você trouxe para nossa casa?", gritou a esposa de Master Mohan ao saber que o marido havia deixado o dinheiro com a proprietária do estúdio. "E o ano todo em que o mantivemos, fazendo sacrifícios para que ele pudesse enriquecer? Seus filhos não vão ganhar nada com isso, além de pancadas e insultos?"

A fúria da mulher aumentou quando o disco foi lançado e imediatamente se popularizou.

Nas semanas seguintes programadores entusiasmados tocaram-no várias vezes na rádio. Enquanto o menino esperava notícias sobre a chegada de sua irmã a Calcutá, o estúdio de gravação informou ao professor de música que o disco de Imrat desaparecia das lojas tão rapidamente quanto conseguiam prensar novas cópias.

Agora a inveja enfurecia ainda mais a mulher de Master Mohan. Ela ouvia o disco de Imrat em todos os bazares. Até o *paanwallah* levou um gramofone para sua banca, instalando-o atrás das pilhas de folhas molhadas que ficavam a seu lado. Toda vez que vendia um *paan*, ele virava a manivela do aparelho e colocava o disco no prato, gabando-se: "Eu aconselhei o professor de música a adotar o garoto. O pobrezinho não passava de um mendigo cego, mas eu soube reconhecer de imediato a pureza de sua voz".

Uma semana antes do dia marcado para a irmã do menino chegar a Calcutá, a mulher do professor de música ficou sabendo, através de Mohammed-sahib, que o marido não permitira que Imrat se apresentasse na casa de um grande *sahib*.

"E o homem ofereceu cinco mil rúpias para ouvir o pequeno cego"', acrescentou Mohammed-sahib, admirado.

"Cinco mil rúpias!", gritou a mulher de Master Mohan. "Ele recusou cinco mil rúpias, quando seus próprios filhos não têm o suficiente para comer e nada para vestir! Onde posso encontrar esses homens?"

Naquela noite o professor de música ajudava Imrat a entrar em casa quando, para sua aflição, deparou com os dois homens que com tanta frequência estiveram no parque.

Sua esposa sacudiu-lhe um maço de notas diante do rosto. "Eu disse que o pirralho vai cantar para o *sahib* hoje à noite.

Veja, até já me pagaram. Cinco mil rúpias vão compensar um pouco do que gastei no último ano com esse mendigo cego."

O professor de música tentou objetar, porém Imrat se intrometeu em seus argumentos. "Não estou cansado, Master-sahib."

"Pudera! Tratado como um príncipe pela família inteira, como haveria de estar cansado?" Ela agarrou o braço do menino. "Vou fazer você cantar direitinho para pagar tudo que comeu à nossa mesa."

Os dois homens sorriram vitoriosos para Master Mohan. "Nossos riquixás estão esperando na esquina."

No caminho para a casa do grande *sahib*, Master Mohan sentiu as lágrimas correrem-lhe pelas faces. Dentro de uma semana Imrat iria embora, deixando-o novamente aprisionado em sua casa detestável. O professor de música abraçou o menino junto ao peito, seus suspiros perdidos na respiração ofegante do homem que se esfalfava entre as hastes do riquixá.

Os riquixás se detiveram diante dos altos portões de ferro de uma mansão. Um guarda abriu os portões, e a mulher de Master Mohan agarrou Imrat pelo braço, puxando-o atrás de si, enquanto os criados os conduziam através de uma série de aposentos fracamente iluminados até uma sala sem nenhum móvel.

Venezianas de madeira fechavam as portas de vidro situadas em cada lado da sala, e a pintura das paredes descascava em grandes áreas. Cobria o piso um tapete persa que se estendia da porta a uma plataforma elevada. Acima da plataforma dois lustres sem uso pendiam do teto, amortalhados em musselina como cadáveres.

Um homem estava sentado na plataforma, seu tamanho exagerado pelas velas que ardiam de ambos os lados. Os músicos inclinaram-se diante dele servilmente. O *sahib* ignorou-os. Sempre sorrindo, os músicos subiram à plataforma, onde havia um harmônio e alguns tambores dispostos para o concerto.

"Venha, pequeno mestre", disse o grande *sahib*. "Disseram-me que você tem uma voz como a Índia não ouvia há centenas de anos."

A mulher de Master Mohan largou o menino, e o professor de música o conduziu até a plataforma, contente por Imrat não poder ver a sala vazia com suas venezianas fechadas e as sombras dançando nas paredes descascadas.

Ao ajudá-lo a subir os degraus, o professor de música cochichou-lhe no ouvido: "Cante só as duas canções de seu disco. Depois vamos para casa".

"Logo estarei de novo com minha irmã", o pequeno cego respondeu num murmúrio, enquanto seu mestre gentilmente o posicionava diante dos dois músicos. "Hoje devo agradecer a Alá por sua bondade."

Durante alguns minutos só a música do harmônio soou na sala, por entre as sombras densas, e Master Mohan sentia a esposa apoiar-se num e noutro pé, sem parar. Depois a voz de Imrat rasgou a escuridão.

Prostro a cabeça sob Tua espada desembainhada.
Ó, o prodígio de Tua bondade.
Ó, o prodígio de minha submissão.

Não reveles a Verdade num mundo em que prevalece a blasfêmia.
Ó maravilhosa Fonte de Mistério.
Ó Sabedor de Segredos.

Os olhos sem luz pareciam fixar-se no infinito, e o professor de música teve a impressão de que as velas dos lustres amortalhados ardiam, acesas pela inocente devoção do canto do menino.

No próprio espasmo da morte vejo Tua face.
Ó, o prodígio de minha submissão.
Ó, o prodígio de Tua proteção.

Ouvindo a pureza de cada nota, Master Mohan sentia-se transportado para outra dimensão, para os êxtases místicos dos sufis, os quais essa música às vezes levava a dançar. Pela primeira vez entendeu por que os sufis acreditavam que, se um homem em seu êxtase se punha a dançar, os cantores tinham de continuar cantando até o homem parar de dançar, pois a interrupção repentina de seu transe podia matá-lo.

> *O ardor de Tua presença*
> *Cega-me os olhos.*
> *Empola-me a pele.*
> *Murcha-me a carne.*

O grande *sahib* se levantou. Master Mohan pensou que talvez o *sahib* estivesse prestes a dançar ao som da música que jorrava daquela jovem garganta na qual se encerrava tão grande conhecimento do mundo.

> *O ardor de Tua presença*
> *Cega-me os olhos.*
> *Empola-me a pele.*
>
> *Não Te afastes de mim com aversão.*
> *Ó Amado, não vês*
> *Que tão somente o Amor me desfigura.*

À luz bruxuleante das velas, Master Mohan julgou ver alguma coisa brilhando na mão do *sahib*. Os músicos sorriam, interesseiros, esperando que o grande *sahib* circundasse de dinheiro a cabeça do menino e depois lhes jogasse alguns trocados. Agora Master Mohan não via Imrat, engolido pela sombra do homem que se postava a sua frente, enquanto o pequeno cego novamente se punha a cantar.

> *Prostro a cabeça sob Tua espada desembainhada*
> *Ó, o prodígio de Tua bondade*
> *Ó, o prodígio de minha submissão.*

Não reveles a Verdade num mundo em que prevalece a blasfêmia.
Ó, maravilhosa Fonte de Mistério.
Ó, Sabedor de Segredos.

O grande *sahib* voltou-se, e Master Mohan pensou ver lágrimas em suas faces. "Essa voz não é humana. O que vai acontecer com a música, se esse é o padrão pelo qual Deus nos julga?"

Imrat não ouviu, inebriado pelo poder que saía da própria garganta.

No próprio espasmo da morte vejo Tua face.
Ó, o prodígio de minha submissão.
Ó, o prodígio de Tua proteção...

Master Mohan ouviu sua mulher praguejar. Não sabia se seus gritos reproduziam os do menino cego, que gritava, gritava, gritava.

5.

"O QUE ACONTECEU? Por que o professor de música estava gritando?"

"Você não gritaria se visse um homem cortando o pescoço de um menino?"

"O grande *sahib* matou o menino?", perguntei, horrorizado. "Por quê? Por que fez uma coisa dessa?"

"Por que um homem rouba um objeto de adoração para que ninguém além dele possa usufruí-lo?"

"Mas a polícia prendeu o grande *sahib*?"

"Claro que não. Ele era rico." Tariq Mia empurrou a mesa de xadrez para o lado e levantou-se, rígido. "Os dois músicos foram responsabilizados pelo assassinato."

"E o que aconteceu com Master Mohan?"

Tariq Mia inclinou-se para retirar o disco do gramofone. "Oh, ele morou aqui comigo durante vários meses. No fim acabei convencendo-o de que não era responsável pela morte daquela criança. Então ele se foi. Agora, irmãozinho, preciso ir ver meus alunos."

Levantei-me, enquanto Tariq Mia guardava o disco na velha capa amarela. "Para onde ele foi? Voltou para Calcutá? Para a esposa e os filhos?"

Tariq Mia entregou-me o disco. "Quer levar para casa e ouvir novamente o menino cantar?"

A pergunta me deixou apavorado. Ele riu de minha reação. "Não precisa se assustar tanto com o amor, irmãozinho."

Ainda rindo de minha aflição, pegou-me pelo braço e levou-me para fora da varanda, até a plataforma de mármore que conduzia à ponte.

"O que aconteceu com o professor de música, Tariq Mia?", insisti.

"Resolveu voltar para sua família. Mas atirou-se embaixo do trem antes de chegar a Calcutá."

"Por quê?"

Tariq Mia ficou na ponta dos pés para beijar-me a face e depois me empurrou delicadamente na direção da ponte. "Talvez não pudesse existir sem amar alguém tanto quanto amou o pequeno cego. Não sei a resposta, irmãozinho. E só uma história sobre o coração humano."

Ao atravessar a ponte não me voltei para acenar-lhe. Estava aborrecido porque o velho *mullah* dissera que eu não compreendia o mundo. Principalmente, falava para mim mesmo, considerando que todo o conhecimento do mundo que Tariq Mia possuía não impedira que o pobre professor de música tirasse a própria vida.

Quando eu atravessava a selva, voltando para o bangalô, risadas ruidosas romperam o silêncio da manhã. As mulheres do vilarejo de Vano catavam lenha nas margens do atalho lamacento.

Através das touceiras vi seus braços finos e escuros estendendo-se para pegar os galhos secos caídos na lama. Ao me aproximar, vi os sáris deslizando-lhes dos ombros, desnudando-lhes a cintura e a curva dos seios fartos, enquanto elas amontoavam feixes de lenha nos pequenos jumentos que pastavam sob as árvores.

O corpo robusto das aldeãs, seu rosto felino, com os triângulos tatuados no alto de cada face, foram para mim tal alívio, depois da história de Tariq Mia, que retribuí seus cumprimentos com um ardor incomum.

Elas se acotovelaram, surpresas. "O *sahib* achou você bonita hoje, Rano."

"Deve ser a primavera, que tira até os velhos tigres de seu repouso."

"É verdade. Não acham que o *sahib* está procurando alguma coisa em sua caminhada desta manhã?"

Seus risos provocantes me seguiram pela suave inclinação do atalho. "Cuidado, não andem sozinhas por aí, meninas. As árvores estão em flor."

"Kama deve estar afiando suas flechas de flores e colocando abelhas em seu arco, meninas. Temos de tomar cuidado para que o *sahib* não acabe nos seduzindo."

Não pude deixar de sorrir ao ouvir suas referências a Kama, Deus do Amor, com seu arco de cana carregado de abelhas e suas cinco floridas flechas do desejo. Realmente havia na selva um clima de sensualidade. Pequenas flores despontavam por sobre as folhas das mangueiras. O vento trazia-me às narinas o perfume de flores de limoeiro e de sândalo.

O pio do *koil*,* essa estranha imitação do grito de uma mulher no instante da satisfação sexual, estava suspenso no ar, e eu pensava que a qualquer momento a mitologia podia tornar-se realidade. Que Kama podia de repente esticar seu arco de cana, conhecido como o Excitador da Loucura, e disparar uma de suas cinco flechas sobre um infeliz caminhante que passaria a desejar uma mulher incauta como encarnação do Prazer, a Deusa da Fascinação Involuntária. E para garantir a vitória Kama podia chamar os amigos — a Primavera com suas mãos implacáveis e seu lindo corpo vestido apenas de lótus em botão, ou o Vento Malaio, trazendo os perfumes do Sul, ou, o mais perigoso de todos, a Disposição Amorosa.

Agradecido às mulheres risonhas que afastaram de mim a melancolia, voltei-me a fim de acenar para elas, mas haviam desaparecido, e só a cúpula verde da selva farfalhava sobre a colina.

O sr. Chagla debruçou-se na janela de seu escritório quando abri o portãozinho de madeira, nos fundos do bangalô. "Sir! Sir! Um minuto, sir."

---

* *Koil* ou *kuel*: um dos vários cucos do gênero *Eudynamys* existentes na Índia, no arquipélago Malaio e na Austrália. (N. T.)

Correu para o jardim, o leve balanço de seu andar enfatizando a amável redondez de toda a sua figura. Embora ande de bicicleta duas horas por dia, da cidade de Rudra até o bangalô e vice-versa, parece que seus esforços pouco influem em seu corpo roliço nem interferem com a agradável inocência de sua natureza generosa, que encontra prazer no menor incidente.

"Os canavieiros vieram enquanto o senhor estava caminhando."

"Desculpe, Chagla. Demorei-me na mesquita, não pude evitar.'"

"Não há de que se desculpar, sir. Comprei três feixes. Estão empilhados junto à parede da cozinha. Vamos ter muito caldo para as hóspedes."

Entregou-me uma carta com a complacência de um pai que entrega um brinquedo ao filho, e, enquanto a lia, senti sobre meu rosto seu olhar expectante.

A carta era de um velho colega. "Meu sobrinho, Nitin Bose, está de licença e vai passar algumas semanas no bangalô. Ele se interessa por costumes tribais. É um jovem brilhante e recentemente se tornou diretor de uma empresa de chá. Por favor, não o perca de vista. Conto com sua compreensão e discrição."

"E então, sir? Qual suíte devo preparar?" O sorriso do sr. Chagla repuxava a pele luzidia de seu rosto redondo.

"A carta não diz quando o visitante vai chegar."

"Precisamos nos preparar para qualquer eventualidade, sir. Devo pelo menos colocar algumas camas extras?"

"Estamos aguardando só um rapaz. A carta não menciona mulher ou filhos." Os olhos castanhos perderam seu brilho de esperança, e eu me apressei a acrescentar: "Mas me mande um copo de caldo de cana, enquanto leio a correspondência. Se for bem doce, vamos comprar mais para fazer açúcar".

Animado com a oportunidade de proporcionar prazer, o sr. Chagla dirigiu-se à cozinha com seu andar bamboleante.

Minha casa já havia sido varrida e espanada. As venezianas pintadas de verde estavam abertas, e os papéis sobre minha mesa farfalhavam com a brisa. Sentei-me para trabalhar, mas descobri que não conseguia me concentrar na lista de contas que o sr. Chagla havia elaborado e agora submetia a minha aprovação.

A brincadeira das mulheres me deixara inquieto. Eu ouvia às minhas costas o fragor das cascatas. Afastei os papéis e caminhei até o fundo de meu pequeno gramado para contemplar o rio Narmada.

Ao meio-dia o sol é tão forte que dá ao rio uma aparência de metal, porém a esta hora a luz da manhã capta o movimento da água em todas as suas nuances. Lá embaixo o vento agitava as ondulações, que brilhavam na luz e desapareciam nas sombras. Fiquei olhando a água brilhar e desaparecer, brilhar e desaparecer, como as argolas no tornozelo de uma mulher, e pensei no Asceta que via a dançarina formada pelos rios de suor resultantes de sua penitência.

Um bando de periquitos, mensageiros de Kama, Deus do Amor, pousou como uma nuvem verde na mangueira que sombreava minha cabeça. Sorri, lembrando como o Asceta zombara do poder de Kama, embora os deuses o tivessem avisado de que ele também precisava sentir Desejo, pois sem Desejo cessaria o jogo dos mundos.

No entanto o Asceta ainda zombou quando o transpassaram as cinco flechas de flores que Kama disparou de seu arco de cana — a Encantadora, a Inflamadora, a Abrasadora, a Exaltação do Desejo, a Mensageira da Morte.

Então Maya, a Ilusão dos Mundos, apareceu — a única mulher capaz de despertar a luxúria do Destruidor de Mundos. Enfurecido com a destruição de sua meditação, o Asceta abriu seu terceiro olho, o Lótus de Comando, e reduziu Kama a cinzas, enquanto ele próprio era consumido por Desejo.

De repente me assustei com a perspectiva de nosso novo hóspede. Meu colega dissera na carta que seu sobrinho estava interessado em costumes tribais, mas o que o jovem sabia realmente sobre as crenças dos tribais?

Sabia da deusa que incinerou até o Grande Asceta nas chamas do desejo, da deusa cujo poder os antigos sábios reconheceram sob nomes medonhos como a Terrível, a Mãe Implacável, a Dama Negra, a Destruidora do Tempo, o Sonho Eterno — sabia da deusa que os habitantes tribais dessas selvas têm adorado há milhares de anos?

Agora as brincadeiras das mulheres de Vano pareciam mais ameaçadoras que a história de assassinato e suicídio de Tariq Mia. Uma inteligência brilhante bastaria para proteger o jovem das forças tenebrosas das selvas, da adoração tribal daquele Desejo que até seus conquistadores admitiram ser invencível, definindo-o como a primeira semente da cabeça?

"Experimente, sir." O sr. Chagla estava de pé a meu lado com um copo de caldo de cana. "Com certeza vai gostar, sir."

Seu rosto ansioso sorria para mim, encorajando-me, trazendo-me de volta à realidade presente.

6.

UM MÊS INTEIRO HAVIA SE PASSADO quando voltei a receber notícias de meu colega. Então os cachos de flores das mangueiras tinham se transformado em frutos e fazia muito tempo que eu esquecera meu breve momento de ansiedade.

As variedades de manga pouco doces já estavam sendo fatiadas e colocadas em conserva, marinando em suco de limão dentro de grandes jarros de vidro na prateleira externa da despensa. O sr. Chagla conseguira que os canavieiros entregassem feixes de cana-de-açúcar, e eu mesmo havia mexido o caldo fervente. Agora tínhamos na despensa escura grandes torrões de açúcar mascavo em número suficiente para nos abastecer durante a época das chuvas.

O sr. Chagla riu quando lhe entreguei o telegrama de meu velho colega informando-me que Nitin Bose chegaria de trem no dia seguinte.

"Não teremos caldo de cana para ele, *sahib*. Mas não se preocupe. O cozinheiro há de conseguir reanimar o sr. Bose depois de sua viagem poeirenta."

"Prepare a suíte do lado norte, Chagla. Parece que nosso hóspede está interessado nos tribais. Do terraço ele poderá avistar a aldeia de Vano. E quando você voltar a Rudra veja como fazer para ir esperar o trem."

O barulho de uma motocicleta descendo o atalho atrás do bangalô interrompeu minhas instruções, e o sr. Chagla se pôs a caminhar comigo pelo jardim.

"Mas é Shashi, meu velho amigo do tempo da escola", anunciou o sr. Chagla, surpreso, quando um policial da delegacia de Rudra estacionou a motocicleta diante do portão. "O que será que ele quer?"

"Deve me acompanhar imediatamente, *sahib*!", gritou o policial para mim. "Houve um problema com um de seus hóspedes."

"Mas, Shashi, não temos nenhum hóspede!", exclamou o sr. Chagla. "Quem é o autor desse mal-entendido?"

"O que é que eu posso fazer, Chagla? Seu endereço estava no bolso do homem. 'Aos cuidados da pousada Narmada.'"

"Shashi, o que você está dizendo a meu *sahib* não faz sentido. Quem é esse homem? Onde ele está?"

"Numa cela da delegacia de Rudra."

"Está preso?", perguntei.

"Bem, esse é o problema, *sahib*. Achamos que ele estava tentando se matar. Nós o encontramos na borda de um penhasco, olhando fixo para o Narmada."

"Que coisa horrível!" O sr. Chagla balançou a cabeça, desolado. "Ele ia saltar?"

"Não sabemos exatamente quais eram suas verdadeiras intenções. Quando lhe perguntamos o que estava fazendo ali no penhasco, ele disse apenas: 'Traz meu óleo e meu colírio. Irmã, traz o espelho e minha tintura'."

O sr. Chagla o fitava, mudo de espanto. O policial desviou o olhar, embaraçado, e por um instante ficamos todos em silêncio. Então o sr. Chagla recuperou-se o suficiente para perguntar: "E o nome, Shashi. Qual é o nome do infeliz?".

O policial voltou-se para mim, abrindo as mãos num gesto de impotência. "Esse é outro problema, *sahib*. Ele só nos dá um nome de mulher, mas com certeza é um homem."

Não consegui reprimir a curiosidade. "Que nome ele dá?"

"Rima, *sahib*. Nós o prendemos, porém não o acusamos de nada. Como poderíamos acusar um homem com o nome de srta. Rima Bose?"

O telegrama havia nos informado da chegada de Nitin Bose. Lembrei-me de que meu velho amigo concluíra sua carta dizendo-me que contava com minha discrição. Imaginei que o prisioneiro seria o sobrinho de meu colega e fiquei me perguntando por que meu colega não me avisara que seu sobrinho era louco.

"O médico examinou o preso?"

O policial se ofendeu. "Naturalmente, *sahib*. Essa foi a primeira coisa. O médico me mandou buscar o *sahib*. Disse que não pode fazer nada."

"Mas o que há de errado com ele?"

O policial abaixou a voz, e o sr. Chagla inclinou para a frente o corpo roliço a fim de ouvir melhor. "O preso disse ao médico que está possuído."

O policial tornou a subir na motocicleta e ficou esperando que eu me acomodasse no assento traseiro. "Agora, *sahib*, por favor, apresse-se. O sargento o espera ansiosamente."

O sr. Chagla soltou a corrente de sua bicicleta. "Não tenha medo, sir. Shashi é um excelente motorista, muito cauteloso. E eu vou segui-los de perto, para resolver esse mistério."

O vento batia-me no rosto, fazendo meus olhos lacrimejarem, enquanto percorríamos a selva na direção de Rudra. Quando a motocicleta entrou na estrada de betume, meus olhos lacrimejavam tanto que as casinhas pintadas se reduziram a um borrão de verdes e azuis ligados por moitas de buganvílias e fileiras de corvos negros empoleirados nos fios elétricos.

O policial diminuiu a velocidade ao nos aproximarmos de um edifício quadrado com barras de ferro nas janelas. Reconheci o corpo magro do dr. Mitra debruçando-se para falar com um guarda na entrada da delegacia.

"Meu caro, que situação." O dr. Mitra ajudou-me a descer da motocicleta e conduziu-me pela escada de concreto. "Acabei de chegar da estação com a bagagem do pobre rapaz. Trazia o endereço de seu bangalô. Estava esperando alguém chamado Nitin Bose?"

Ao ver minha expressão, ele colocou um braço magro sobre meu ombro. "Não se preocupe. Isso logo se resolve. De qualquer modo o jovem não parece nem um pouco ameaçador. Venha ver por si mesmo."

Entramos na delegacia e tomamos um corredor que levava a uma cela solitária nos fundos do prédio. O sargento estava sentado num catre de ferro, conversando com um rapaz que andava silenciosamente de um lado a outro da cela.

A distinção do jovem me surpreendeu. Havia em seu porte um ar de autoridade, e o terno de algodão muito bem talhado favorecia-lhe o corpo, embora estivesse amarrotado. Quando ele se voltou, a barba por fazer cobrindo-lhe a pele morena, vi que tinha um rosto aristocrático, com feições bem definidas.

O sargento se levantou, cansado. "O preso não fala comigo, *sahib*. Não consigo nem fazê-lo admitir que se chama Nitin Bose."

O dr. Mitra gentilmente me impeliu para dentro da cela. "Tente conversar com ele. Talvez tenha mais sorte que nós. Diga que o estava esperando."

O sargento acompanhou o dr. Mitra pelo corredor, deixando-me sozinho com o jovem.

"Seu tio e eu fomos secretários na mesma época", comecei, desajeitado. "No Ministério da Agricultura. Ele me mandou um telegrama dizendo que você chegaria amanhã. Mas você já está aqui."

Ri, nervoso, desanimado com o silêncio de Nitin Bose. "Durante dois anos trabalhamos em salas vizinhas. Um ao lado do outro. Deve ser por isso que ele sugeriu que você ficasse em nosso bangalô..."

De repente o jovem me agarrou pelo ombro. Não me assustei com a pressão de seus dedos quando vi o medo em seus olhos.

"Precisa me ajudar", murmurou. "Leia meu diário. Vai entender por que preciso encontrar o santuário."

Faltou-lhe a voz, e ele se sentou no catre de ferro.

"Que santuário?", perguntei, tocado por seu desespero.

Nitin Bose lutava para se controlar. Quando conseguiu falar, respondeu: "Dizem que nessas selvas há o santuário de uma deusa. Uma deusa tribal, que elimina a loucura dos que são possuídos. Pode me ajudar a encontrá-lo?".

Seu pedido era tão simples que quase me pus a rir novamente, dessa vez de puro alívio. A amargura em seus olhos me conteve, e eu falei, sério: "Os guardas de nosso bangalô frequentam esse santuário. Podem levá-lo até lá quando você quiser".

"Então devo ir com o senhor."

Balancei a cabeça, assustado, pois não estava preparado para me responsabilizar por um homem em tal situação. Para meu horror, ele se ajoelhou no chão e agarrou-me os pés. "Juro que não vou lhe criar problemas. Se não puder visitar o santuário, terei de me matar. Não posso continuar assim."

Saí da cela. "Deixe-me consultar o médico. Devemos agir como ele disser."

Um guarda foi trancar a porta da cela enquanto eu corria para o gabinete do sargento, onde o sr. Chagla ajudava o dr. Mitra a revistar a mala do jovem.

O sargento descrevia cada peça para o policial Shashi, que cuidadosamente a registrava num livro.

"Encontraram um diário?", perguntei. "Ele disse que o diário explica tudo. E quer ir comigo para a pousada."

O sr. Chagla, exultante, entregou-me um volume com capa de couro.

"Parabéns, meu querido amigo." O dr. Mitra tomou minha mão entre seus dedos ossudos.

"Pelo quê?"

"Por ter feito o rapaz recobrar a razão. Eu sabia que se tratava de uma anomalia temporária. Ele provavelmente passou por uma grave tensão emocional — excesso de trabalho, um caso de amor infeliz, esse tipo de coisa — e estava sofrendo de amnésia passageira. Acho que isso aconteceu uma vez com Agatha Christie."

Sem conter sua alegria com um final tão feliz, o sr. Chagla abraçou o amigo policial.

O dr. Mitra voltou-se para o sargento. "Você não acusou o preso de nenhum crime. Liberte-o e coloque-o nas mãos competentes de nosso amigo, e eu levarei todos para a pousada."

"Não, não. Pode acontecer alguma coisa com ele. Estamos isolados demais." Olhei para o sr. Chagla em busca de apoio, mas seu rosto rechonchudo abria-se num sorriso.

"Que mal lhe pode ocorrer em nosso simpático bangalô, sir? Temos guardas. Eu estou lá. Shashi chegará rápido como um raio se precisarmos de ajuda."

"Pelo menos me deixe ler o diário. Podemos vir buscá-lo amanhã."

O dr. Mitra objetou. "Se ele passar a noite aqui, a polícia terá de acusá-lo de alguma coisa."

Vendo a aflição no rosto do sr. Chagla, aceitei a derrota e fui para o carro do dr. Mitra.

Os policiais colocaram a bagagem do forasteiro no porta-malas. Nitin Bose acomodou-se a meu lado, e o dr. Mitra conduziu o carro para a estrada.

Durante todo o trajeto até a pousada, o sr. Chagla conversou alegremente com o dr. Mitra. Seu bom humor era muito mais forte que o desespero silencioso do jovem sentado a meu lado, de forma que, quando chegamos ao bangalô, eu me sentia quase apto a enfrentar a situação.

Para meu alívio, o sr. Chagla imediatamente se ocupou de nosso novo hóspede. Tratou de organizar sua bagagem e de dar instruções ao cozinheiro e aos criados. Deixando-o para que levasse Nitin Bose a seus aposentos, o dr. Mitra e eu fomos nos sentar no terraço.

As luzes dos templos de Mahadeo brilhavam tranquilizadoramente junto à curva do rio, e víamos lá em cima o vulto redondo do sr. Chagla junto às janelas de Nitin Bose, gesticulando para o criado que servia o jantar ao hóspede.

"Acha que um homem pode estar possuído, dr. Mitra?", perguntei.

"Se um homem acredita firmemente que está possuído, então acho que podemos dizer que está possuído."

"Bose quer visitar um santuário onde pensa que poderá curar-se. Os aldeões frequentam esse santuário. O rapaz pode ir com eles, sem problema?"

"Claro. Na verdade aconselho que faça isso. O jovem imaginou sua doença. Convém que agora imagine sua cura."

O médico se levantou, vendo o sr. Chagla descer para o jardim. "De qualquer modo, informe-me sobre o que descobrir no diário. Talvez nos diga mais coisas sobre essa triste situação."

"Nosso hóspede está bem acomodado", anunciou o sr. Chagla, satisfeito, enquanto eu o acompanhava até o carro, junto com o dr. Mitra. "Mas deixei um guarda do lado de fora, para o caso de ele ficar bobo novamente."

Os faróis do carro romperam a escuridão da selva, e eu voltei para minha casa a fim de ler o diário do jovem.

7. A HISTÓRIA DO EXECUTIVO

ACHO QUE DE CERTO MODO minha vida começou realmente quando vim morar nesta plantação de chá. Ou talvez esteja terminando aqui.

De qualquer forma sei que algo estranho está acontecendo comigo, e preciso registrar os fatos que me conduziram a minha presente situação enquanto ainda sou capaz de relatá-los.

Primeiro devo descrever o mundo em que vivia antes de vir para cá. Eu era um jovem executivo na mais antiga empresa de chá existente em Calcutá. Como eu, todos os meus jovens colegas estudaram em internatos exclusivos e conseguiram emprego através das relações de suas famílias.

Do lado de fora de nosso escritório, Calcutá se esfacelava sob o peso do abandono, da exploração, da umidade nociva, dos congestionamentos de trânsito, dos fracassos do poder e de ruas sulcadas como campos de arroz para a construção do metrô; toda uma geração esperava, estoica, que a cidade voltasse a ser o que havia sido, enquanto mais refugiados chegavam em trens lotados e iam dormir nas plataformas da ferrovia, já lotadas de outros refugiados — da partilha da Índia, cinquenta anos antes; da guerra de Bangladesh, vinte anos antes; das devastações naturais que todos os dias empurravam os desesperados para uma grande metrópole que também sobrevivia desesperadamente, como se uma guerra tivesse acabado de terminar.

Mas nós sentíamos apenas claustrofobia quando olhávamos através dos vidros escuros de nossos carros providos de ar-condicionado e víamos as multidões formigando pelos calçamentos esburacados.

Não que fôssemos insensíveis. Porém éramos jovens e acreditávamos que o sucesso consistia em imitar o distanciamento inglesado de nossos superiores, que nos garantiam que a cidade chegara a um ponto do qual não podia haver retorno.

Eles nos aconselhavam a tirar o melhor proveito de um mau emprego. Assim, jogávamos golfe no Tolleygunge Club. Bebíamos no Saturday Club. Saboreávamos comida chinesa no Calcutta Club. Frequentávamos o Turf Club.

Beber ajudava. E também os adultérios sem sentido. Também líamos avidamente. Em nossa mesa de cabeceira os romances da moda se empilhavam sobre exemplares de *Time*, *Newsweek*, *The Economist*, para as noites em que não tínhamos uma mulher na cama. Ou para as madrugadas em que levávamos nossas mulheres para suas próprias casas e voltávamos e víamos os lençóis amarfanhados e úmidos, víamos os longos fios de cabelos negros soltos pelo travesseiro, como se nos acusassem, e sabíamos que nossa vida estava se esvaindo.

De vez em quando interrompia nossa indolência a chegada dos rapazes das fazendas de chá. Não eram prematuramente envelhecidos pela vida que levavam nas solitárias plantações de chá, como os ingleses administradores dessas fazendas descritos em diários do século XVIII, homens desdentados ou calvos, que iam a Calcutá só para procurar esposa, quando os navios procedentes de Londres despejavam sua carga de mulheres desesperadas que assim tentavam escapar da penúria em que viviam na Inglaterra.

Não. Nossos colegas das plantações de chá eram jovens, indianos de bela aparência, cheios de energia. Ouvíamos suas gabarolices de elefantes desgarrados e reconduzidos à manada, tigres antropófagos abatidos a tiro, mulheres impetuosas domadas; invejávamos a irresponsabilidade e a precipitação com que saíam à cata de prazeres em suas semanas na cidade.

Competindo entre nós para pagar-lhes bebida, acenávamos para o *barman* que ficava atrás do longo balcão de madeira do Saturday Club. "Um *patiala peg* para o *sahib*, Moses."

"Ah, não, *yaar*. Esse é por minha conta."

Os rapazes da fazenda de chá nos obsequiavam consumindo garrafas inteiras de uísque, e nós olhávamos, fascinados com sua despreocupada autodestruição.

"*Yaar*, não sei como seu fígado aguenta tamanho castigo."

"É a prática, *yaar*. O que você acha que eu faço trezentos e trinta dias por ano lá na fazenda?"

"O que, *yaar*?"

"Bebo, caço e trepo."

"Essa não, *yaar*! Com quem você trepa naquele deserto?"

"Com um bando de mulheres. Mulheres de verdade, que fazem de tudo para agradar um homem."

"O que, por exemplo? Não, deixe que eu peço essa rodada."

"Saúde! E que apetite sexual! Não pensam em outra coisa."

"Não é de admirar que vocês lá da plantação de chá acabem virando uns bebuns. Eu só conseguiria pôr a mão naquelas criaturas horríveis se estivesse caindo de bêbado."

"Vamos, *yaar*, admita. Aposto que essas suas mulheres de verdade fedem à beça."

"Posso admitir. A sra. Sushila Ghosh cheira bem melhor que elas." O rapaz da fazenda de chá esvaziou o copo. "E agora, *yaar*. Não posso deixar uma senhora tão perfumada me esperando."

Às vezes, quando estava preso num engarrafamento de trânsito, atrás de um ônibus que se inclinava sob o peso dos passageiros pendurados na porta, eu me admirava por ver que aquelas pessoas espremidas umas contra as outras conseguiam rir e brincar e me perguntava se a luta pela sobrevivência podia tê-las entorpecido da mesma forma como o luxo me entorpecera ou se ainda sonhavam com aventuras gloriosas.

E, quando aqueles despreocupados rapazes da fazenda de chá chegavam ao escritório após uma noite de bebedeira suicida e de amor feito em quartos com ar-condicionado e com o perfume das tuberosas que todas as manhãs eram compradas no New Market, eu me via tomado de inveja e admiração. A vida nas plantações de chá parecia a vida de um homem de verdade.

O máximo que nos aproximávamos do perigo era no jogo.

Ashok, que havia passado a maior parte de seu tempo nas casas de aposta de Londres, enquanto tentava conseguir seu diploma de contabilista, apostava no movimento de duas nuvens que avistava das janelas de nosso escritório. No tempo exato que um criado levaria para nos trazer o chá. No homem cuja esposa entediada seria a próxima a ficar olhando a esmo.

Tudo era pretexto para uma aposta. Quando tive a oportunidade de escolher entre administrar uma fazenda de chá e fazer um curso para executivo, as apostas recomeçaram.

"Não vá para a fazenda, *yaar*. Dentro de um ano você será alcoólatra."

"De seis meses."

"De nove."

Apesar das sombrias previsões de meus companheiros, optei pela fazenda de chá.

"E então, quais são seus palpites? Eu digo que vai levar um ano."

"Ora, Ashok, chega dessa droga de sete contra dois. Simplifique. Três contra um."

"Tudo bem. Três contra um como dentro de um ano ele será alcoólatra."

"Não seja burro, *yaar* Nitin. Você não vai ter com quem conversar. Aqueles caras da fazenda são todos doidos. Ficaram loucos com a solidão."

Para mim, que sufocava sob o peso das inevitáveis criaturas humanas de Calcutá, a solidão era o que havia de mais atraente na fazenda de chá.

No entanto, custei a crer que tal solidão existia quando me vi no jipe que serpeava pelos sopés desertos do Himalaia rumo a minha plantação de chá.

Nas oito horas que levamos para ir do pequeno aeroporto até a fazenda, fiquei olhando perplexo para a vastidão verde que se estendia em círculos abaixo da estrada. Cada pastor que batia em seus animais para tirá-los do caminho, cada cule que mourejava com seus fardos na cabeça demandavam um cumprimento individual, tão raro era encontrar uma criatura humana. No alto, as pequenas nuvens erguiam-se como espuma sobre o distante Himalaia e depois se quebravam numa onda branca, carregadas pelo vento na direção da planície, e eu me sentia como um seixo atirado num oceano de árvores, expandindo o horizonte vazio como um objeto estranho move a água para fora.

Muito antes de chegar à fazenda eu passara da descrença à tranquilidade, àquele estado possessivo pelo qual se é possuído.

Eventualmente o jipe passava por uma aldeia de casinhas cobertas de colmo que mais pareciam shakespearianas que indianas, com suas paredes revestidas de reboco e suas vigas desgastadas pelo tempo, isoladas em quilômetros de arbustos de chá que acabavam de enfolhar.

Ao anoitecer, já não avistávamos as plantações. Só as fracas lanternas nas colônias dos colhedores de chá rompiam a escuridão. Então a noite nos envolveu num abraço veludoso, e as luzes nas cabanas dos colhedores não eram menos suaves que as estrelas no céu tranquilo.

Os faróis do jipe iluminaram o cedro do Himalaia que estendia os galhos sobre as paredes de minha nova residência. Um guarda bateu continência quando entramos no caminho delimitado por tijolos pintados, e no pórtico cinco criados de turbante e faixa na cintura inclinaram-se em reverência diante de mim.

Era tudo tão ridiculamente inglês que me pus a rir. Mesmo quando o motorista freou e os criados se adiantaram para abrir-me a porta, não consegui parar de rir, pensando que havia entrado numa fantasia britânica da Índia, não afetada pelo caos dos últimos quarenta anos.

Para garantir aos criados que eu era tão *pukka* quanto qualquer outro *sahib*, passei a dar ordens num estilo artificialmente militar. E, enquanto supervisionava o descarregamento de minha bagagem, notei que desaparecera de seus rostos a expressão de insegurança suscitada por minha demonstração de leviandade. Minhas ordens gritadas, minha cortesia sublinhada pela firmeza, minha preocupação com os detalhes compuseram um retrato de minha *persona* para difundirem pela propriedade.

O mordomo conduziu-me a meu quarto, e mais uma vez tive vontade de rir ao ver a imensa cama de ébano com serpentes entalhadas na cabeceira, envolta no mosquiteiro que pendia do teto alto, preso numa argola de metal: parecia um altar construído para a adoração dos sentidos.

Todavia controlei-me, enquanto os outros criados traziam o enorme baú que meu avô levara consigo para a Universidade Cambridge três anos antes de eclodir a Grande Guerra. Meu avô era físico, porém lia com avidez obras de filosofia e mitologia indianas; e no dia em que se confirmou minha transferência para a fazenda de chá minha avó me mandou seu baú repleto de livros. Não consigo imaginar por que minha avó pensou que alguém de minha geração teria o menor interesse em todos aqueles Puranas e Vedas e Upanishads e sabe lá Deus o que mais. De qualquer modo, trouxe os livros para uma eventualidade de não ter outra coisa para ler.

Ordenei aos criados que tirassem os livros do baú. Eles ficaram embaraçados ao ver os volumes amontoados no chão a sua volta. Diante do magnífico leito amortalhado em seus finos véus erguia-se a única estante da casa, uma estrutura de compensado na qual os habitantes anteriores decerto guardavam livros pornográficos ou histórias de detetive. Um exemplar do *Contract Bridge*, de Goren,* jazia melancolicamente na abaulada prateleira do meio.

Disse aos criados que empilhassem os volumes contra a parede até que se pudessem fazer estantes novas. Pelos olhares que me lançaram, deduzi que havia me firmado como intelectual e que eles contariam aos empregados da fazenda que eu era

---

* *Contract Bridge*: variedade do jogo de bridge em que há declaração de vazas. O americano Charles H. Goren (1901-85) foi especialista nessa modalidade, sobre a qual escreveu. (N. T.)

um homem justo, pois, em vez de xingá-los, conseguira controlar minha decepção por não poder arrumar minha biblioteca imediatamente.

Satisfeito com meu desempenho, sentei-me sozinho na sala de jantar, regalando-me com minha boa sorte, num silêncio que só era rompido pelo cricrilar dos grilos e pelo rangido da porta da despensa, toda vez que o mordomo me trazia mais um prato.

O que há de extraordinário na criação de uma *persona* é que depois não queremos mais abrir mão dela, principalmente se nos assenta bem.

Descobri que gostava de ser o jovem *paterfamilias* de meu reino, gostava do respeito sincero com que as gentis colhedoras de folhas me tratavam quando eu passava por entre as fileiras de arbustos de chá com meu administrador, o sr. Sen.

Meticuloso, pedante, sempre atento à menor falha para afirmar seu poder, o sr. Sen vivia me proporcionando oportunidades de demonstrar meu tolerante bom senso. Eu tomava todo o cuidado para não melindrar sua autoridade, mas ao longo dos meses tanto os apanhadores de chá como os empregados do escritório, subordinados ao sr. Sen, passaram a confiar em meu julgamento.

Naquele primeiro ano a natureza ajudou minha ficção. As chuvas chegaram na hora certa para produzir as folhas mais tenras, e a safra de minha fazenda foi a mais bem recebida pela matriz. O presidente da companhia telegrafou-me, parabenizando-me pessoalmente; e os empregados retribuíram suas gratificações com pequenos presentes para mim, como se eu fosse um velho chefe de família.

Acho que comecei a assumir o comportamento de um velho. Com certeza eu era cada vez menos o que havia sido em Calcutá, e minha nova natureza crescia cada vez mais, como uma sombra que se funde com o sujeito que a projeta. Raramente bebia e nunca pensava em mulheres. Se apareciam em meus sonhos na cama de ébano, deviam ser tão sutis que ao acordar eu não me lembrava delas.

Os sonhos de que me lembrava relacionavam-se com a biblioteca de meu avô.

Para meu espanto, fiquei fascinado com as lendas sem fim contidas nos Puranas. Depois de passar o dia caminhando pela plantação de chá, organizada com matemática precisão, ou examinando listas de números, sentado à minha escrivaninha na brisa suave das longas pás do ventilador de madeira, eu achava delicioso instalar-me na varanda, ao anoitecer, e ler as histórias labirínticas de demônios, sábios, deuses, amantes, cosmologias.

Até descobri narrativas mitológicas que se desenrolavam no próprio local onde se situava minha plantação de chá, lendas de uma vasta civilização subterrânea que se estendia destas colinas até o mar Arábico e se compunha de criaturas meio humanas, meio serpentes. Claro está que eu via as lendas pelo prisma da antropologia, considerando que os nômades escribas arianos que as registraram haviam sucumbido à sofisticação do povo conquistado pelos árias.

Mas eu gostava de suas poéticas descrições de palácios e universidades construídas com mármores multicores. De jardins mais belos que os dos próprios deuses, com lagoas de água cristalina cheias de peixes prateados, saltando por entre os nenúfares, e árvores curvadas sob o peso de trepadeiras em flor. Um mundo consagrado ao prazer e ao conhecimento, sua serenidade entregue à guarda de serpentes com grandes pedras preciosas reluzindo no capelo.*

Aparentemente os habitantes desse mundo tinham especial predileção pela magia e passavam horas divertindo-se com seus truques.

Depois do jantar eu me sentava na varanda, em minha poltrona de vime, e contemplava a noite veludosa, as estrelas tão

---

* A autora refere-se à naja, serpente venenosa que quando enraivecida incha o pescoço, adquirindo sua cabeça uma forma semelhante à de um capuz, razão pela qual também é chamada de cobra de capelo. (N. T.)

próximas que me davam a impressão de bastar estender a mão para pegar uma a fim de lançar mais luz sobre meu livro aberto, imaginando que os gentis tribais que avistara debruçados sobre os arbustos de chá eram na verdade descendentes dessa civilização, capazes ainda de fazer o truque da grande corda indiana, e quando adormecia sob o mosquiteiro em minha cama de ébano sonhava com reinos legendários guardados por najas com pedras preciosas no capelo.

No segundo ano as chuvas novamente nos foram propícias. Nossa colheita foi tão extraordinária que o presidente da companhia mandou um membro do conselho convidar-me a voltar para Calcutá como um dos diretores da empresa. Para minha satisfação, essa ilustre figura era meu amigo Ashok.

"Então, *yaar*, diga a verdade. Quanto tempo demorou?"

"Para quê?", perguntei.

"Fale sério, *yaar*. Para você virar alcoólatra."

Ele só acreditou que não me tornara alcoólatra depois que passamos várias noites na varanda, eu tomando uma única dose e servindo-lhe muitas. Minha moderação o exasperava. Quando declarei que não queria deixar a fazenda, Ashok me disse que eu estava louco.

Levantando a voz por sobre o canto dos grilos e o arroto gutural dos sapos, ele falou: "Você ficou doido, *yaar*. Quase não bebe. Quer continuar morando neste deserto, quando poderia ser um dos diretores da companhia. De dia você planeja essas safras perfeitas, mas à noite não faz outra coisa a não ser ler".

Ele se debruçou e me fitou. "Admita, *yaar*. É trágico um homem de sua idade passar dois anos inteiros sem pôr a mão numa mulher!"

E continuou tentando me convencer a voltar para Calcutá, naquela escuridão suave que nunca deixou de me afetar como na primeira noite, mas que evidentemente o perturbava com seu vazio.

Não querendo ofender um velho amigo, tratei de justificar-me: "Que mulher viveria comigo sem casar? E você viu as colhedoras de chá. Seria capaz de levar uma delas para a cama?".

"Então volte para Calcutá, *yaar*, antes que isso aí despenque ou murche como um pé de chá que não recebeu água."

A bebida o tornara insensível a meu silêncio, e no dia seguinte fiquei contente por lhe dizer adeus.

Entretanto, suas palavras deixaram-me uma marca no cérebro, como se ele tivesse derramado um frasco de tinta sobre um livro predileto. Como um pequeno animal noturno, a inquietação sexual começou a corroer meu contentamento. Depois do jantar eu me sentava na poltrona de vime na varanda e não conseguia relaxar, os insetos jogando-se incessantemente contra as lâmpadas. A escuridão que sempre me parecera tão serena agora refletia meu desassossego. Pela primeira vez me senti sozinho e ao entrar em meu quarto tive a impressão de que a cama imensa zombava de minha virilidade ociosa.

Tudo que eu via caçoava de meus esforços para recuperar a tranquilidade. As mulheres que riam umas para as outras entre os arbustos de chá agora me pareciam deliberadamente voluptuosas, mostrando-me demais os seios, o ventre redondo, as pernas nuas. Mesmo quando ia caçar na selva eu só ouvia o grito de acasalamento dos animais e me revoltava com o fuzil em minhas mãos.

Os livros de meu avô não me proporcionavam nenhum escape. Uma vez tirei da estante o Rig Veda, esperando encontrar algum consolo filosófico, mas a passagem que li deixou-me chocado, por descrever tão precisamente minha solidão.

> *No princípio era a Morte.*
> *Que significava um vazio absoluto.*
> *E vazio, atenta bem, é a Essência da Fome.*

Decidido a recuperar minha paz, mergulhei no trabalho com redobrada intensidade. Não adiantou. Tudo que estava ligado ao trabalho me aborrecia. A estupidez dos empregados que viviam pedindo adiantamentos sobre seus salários. A teimosia dos líderes sindicais. A incompetência do pessoal do escritório.

Com frequência me via gritando, irritado, quando descuidavam de qualquer minúcia, como se eu fosse o sr. Sen. Os empregados reagiram retirando-me seu afeto, gelando-me naquele isolamento que fizera tantos colegas meus se tornarem alcoólatras.

Agora eu seguia o exemplo de meus predecessores, deixando os livros de lado para me sentar na escuridão, uma garrafa de uísque a meu lado, para beber até esquecer, enquanto o mordomo esperava no jardim, enrolando seu *bidi*. Então, meu corpo um peso morto em seus ombros, ele me carregava até o quarto, despia-me e colocava-me sob o mosquiteiro; e eu ali ficava, entorpecido, sem nunca saber se estava dormindo ou acordado.

Foi, talvez, a solidão que levou minha mente a escravizar-se. Ou talvez eu já tivesse me tornado vítima dos livros de meu avô. De qualquer modo, uma noite estava deitado na cama quando me despertou um perfume que suplantou o cheiro de uísque que se transformara no companheiro de meu sono.

Aquela fragrância de almíscar me envolveu, acalmando-me e excitando-me ao mesmo tempo, e senti algo macio pressionar-me o ombro. Estendi a mão e agarrei um seio túmido e firme. No entanto, as pétalas de uma guirlanda de flores se interpunham entre meus lábios e a carne da mulher, a corrente de um cinto entre minha coxa e seu quadril suave, uma argola entre minha mão e seu pé esguio. Enlouquecido com a frágil barreira de seus ornatos, esmaguei-a em meus braços. Seu corpo envolveu o meu como uma trepadeira em flor se aferra a uma árvore. Ela emitiu um som intermediário entre um suspiro e uma risada, seu sopro úmido junto a minha orelha. Então uma voz grave perguntou: "Por que não me chamou antes?".

Naquela noite havia me enfeitiçado a lua, que lançava sua luz intensa sobre a cama, tingindo de prata o corpo elástico que cobria o meu? Ou teriam sido aqueles olhos rasgados que deslizavam como peixes por sobre os malares salientes de mongol? Ou os ombros magros que o peso dos seios puxava para a frente? Ou o suor brilhando na cintura delgada que encimava a curva de sua anca?

Teria sido o oval perfeito projetado por nossa sombra nos lençóis, quando ela pressionava os pés em meu peito e eu a encerrava em meu abraço? Ou a visão de seus membros colorindo-se do azul-escuro de um cálice de lótus quando as nuvens obscureciam a lua? Ou teria sido a grossa trança de seus cabelos que se enroscava em nossos corpos e se desvencilhava até se desfazer sob os véus do mosquiteiro para nos envolver em outros véus, mais negros que a escuridão da noite?

Eu não sabia se a criara com a noite e minha própria fome, apesar de seus dentes miúdos penetrarem em minha carne vezes sem conta, como as presas de uma víbora, e de eu escutar o sibilo de seu prazer em meu pescoço. Todavia, quando ela deixou minha cama, eu já havia adormecido e sonhava que ainda tinha nos braços uma criatura meio serpente, os sentidos saciados levando-me para o mundo subterrâneo das lendas de meu avô.

Se pela manhã o espelho não tivesse refletido as marcas vermelhas que seus pés pintados deixaram em meu peito ou as riscas de seu colírio negro em minha pele, eu não teria acreditado que ela existia. Vendo-as, fiquei louco de amor, como se todas as cinco flechas do desejo me tivessem transpassado.

Na noite seguinte deitei-me na cama e esperei-a, trêmulo de ansiedade. Contudo, mais uma vez estava dormindo quando sua voz grave me despertou e mais uma vez adormeci antes que ela se fosse.

Conhecendo a intensidade de meu desejo, eu não entendia por que não conseguia me manter acordado. Depois de algumas noites percebi que estava enfeitiçado.

O que posso lhe contar sobre os meses que se seguiram? Vivi inebriado de um prazer que ao mesmo tempo me satisfazia e me deixava sutilmente insatisfeito. Nunca a vi à luz do dia e, se a visse, não a reconheceria. Em algum momento de nossos encontros ela me dissera que se chamava Rima, porém não a procurei entre as tribais debruçadas sobre os arbustos de chá, temendo que o sol brilhante me roubasse o encantamento.

Meu corpo conhecia os contornos do seu, minhas mãos conheciam os traços de seu rosto; mas para meus olhos ela era um interminável jogo de sombras, que vinha para minha cama na escuridão, quando eu já não conseguia esperá-la, e sempre surpreendia meus sentidos.

Ela sabia quando nossa paixão corria o risco de se tornar repetitiva. Então me seduzia com canções tribais numa linguagem que eu não compreendia, de modo que só escutava a doçura da música. Contava-me histórias de um grande reino de serpentes situado abaixo do solo. Falava-me de talismãs que conferiam aos homens a força dos elefantes no cio e de magias realizadas durante o eclipse da lua, quando a alma de um homem podia ser encerrada nas duas metades de um coco.

Jurou-me que viu uma velha tirar chamas das próprias mãos e um sacerdote tribal cobrir com seu xale uma muda de mangueira e depois retirar o xale para mostrar uma árvore anã dobrada sob o peso de mangas maduras. Como enxames de abelhas negras no branco de seus olhos, suas pupilas me hipnotizavam, enquanto sua voz grave parecia materializar os mundos que eu imaginara ao ler os livros de meu avô.

Voltei a encontrar prazer no trabalho, e as colhedoras de chá voltaram a me tratar com a estima que me haviam retirado. Talvez rissem de mim quando não respondia a suas perguntas, mas em geral a única coisa que eu ouvia eram as canções de Rima, pairando em minha mente.

Durante muito tempo pensei que esses fragmentos melódicos emergissem de meu inconsciente. Ao perceber finalmente que na verdade eram entoados pelas mulheres que colhiam as folhas de chá, pedi ao sr. Sen que traduzisse as palavras.

O pobre homem ficou embaraçado, mas ante minha insistência acabou traduzindo, pesaroso.

> *Que deus é famoso*
> *Nas redondezas?*
>
> *Olhem! É o deus da foda*
> *Que é famoso nas redondezas.*

As mulheres perceberam o que fazíamos e, rindo muito alto, mudaram de canção.

Na colina
Vê como balançam as plumas do pavão
Assim como estou balançando em teu colo,
Suspirando em teu colo,
Sorrindo em teu colo.
Ó meu belo amigo.

Então, para meu deleite, passaram a entoar a canção que muitas vezes Rima cantava para me acordar, e anotei as palavras que o sr. Sen traduziu para mim.

Traz meu óleo e meu colírio.
Irmã, traz meu espelho e a tintura.
Apressa-te com minha guirlanda de flores.
Meu amado espera no leito, impaciente.

Durante um ano Rima esteve comigo todas as noites, deitando-se em minha cama de ébano para enroscar-se em mim. Como uma maga, conduziu-me a um mundo de sonho subterrâneo, seu corpo ensinando ao meu a passagem das estações, os ritmos secretos da natureza, até eu compreender por que os livros de meu avô chamavam essas colinas de Kamarupa, o Reino do Deus do Amor.

O telegrama do presidente pôs termo a meu delírio. "Matriz reorganizando empresa. Venha a Calcutá imediatamente para estudar inovações."

Rasguei o telegrama, furioso, certo de que Ashok forçara a decisão do presidente, mas não havia nada que eu pudesse fazer. O telegrama não era uma sugestão. Era uma ordem.

Quando anunciei que viajaria no dia seguinte, Rima chorou como se lhe partisse o coração. Contente com suas lágrimas, amei-a com um ardor que me surpreendeu e no fim estava tão exausto que quase não a ouvi perguntar: "Devo voltar para meu marido? Ele é cule na estação ferroviária de Agartala. Devo ficar com ele até sua volta?".

Tal era meu encantamento com a natureza misteriosa de Rima que não achei estranho ela ser casada. E podia suportar a ideia de que outro homem a abraçasse. Afinal, durante todos aqueles anos em Calcutá com quem eu havia dormido, senão com as esposas de outros homens?

Mas o fato de ele ser um cule. De eu amar a mulher de um cule. O nojo envolveu-me, e tive vontade de vomitar de vergonha. Nesse momento se quebrou o encanto em que Rima me mantinha. Pela primeira vez permaneci acordado quando ela se levantou da cama para enrolar-se em seu sarongue. Achei-a atarracada e feia à luz do amanhecer.

Como fiquei contente por voltar a Calcutá e à despreocupação de minha antiga vida de clubes, amigos e apostas.

A superficialidade de meus colegas atenuava minha vergonha. Como eu ria de suas piadas, enquanto me pagavam bebida nos bares do Saturday Club, do Tolleygunge Club, do Calcutta Club, do Turf Club.

Com que alegria cortejava as sofisticadas mulheres de voz rouca cujo tédio a novidade de minha presença afastava por algum tempo. E, quando me levavam para seu quarto, eu deixava as luzes acesas ao beijar-lhes os olhos grandes, que não se reviravam como os de Rima, e enterrava em sua carne quente e morena a lembrança do corpo de Rima.

Já não conseguia resistir à agitação da matriz. Os carregamentos internacionais, os problemas de seguro, os prazos de entrega estabelecidos por contratos fechados em Londres ou Hong Kong faziam minha vida na plantação de chá parecer primitiva, governada pela angustiante lentidão com que as estações se sucediam. Eu não queria voltar para aquela casa solitária nem para as exigências dos estúpidos apanhadores de chá. Não queria voltar para Rima.

Instigado por Ashok, o presidente mais uma vez me convidou para ser um dos diretores da empresa. Aceitei prontamente. Decidiu-se então que eu iria até a fazenda organizar as coisas para meu sucessor e em seguida tiraria algumas semanas de férias antes de assumir meu novo cargo.

Tive certo receio de retornar pela última vez à plantação de chá. Rima chorara tanto por ocasião de minha partida para Calcutá que eu temia sua reação quando soubesse que a deixaria para sempre.

Já não me lembrava de tê-la desejado, porém não podia esquecer sua pobreza; assim, achei justo que nosso relacionamento lhe rendesse alguma coisa. Na esperança de evitar recriminações, deixei um dinheiro com o mordomo, ordenando-lhe que o entregasse a Rima.

Para minha surpresa, ela não procurou me ver. Soube que estava na fazenda porque à noite ouvia uma voz cantar na escuridão.

> *Traz meu óleo e meu colírio.*
> *Ó, irmã, traz o espelho e minha tintura.*

Eu fingia não escutar e continuava lendo, porém até em minha covardia admirei sua discrição, que me pareceu muito elegante numa pessoa com suas origens.

Sua sutileza era maior do que eu supunha. Postando-se no lado de fora de meu quarto todas as noites, ela conseguiu transformar minha covardia em culpa. Deitado na cama de ébano, eu era incapaz de me concentrar em meus livros, ouvindo-a cantar além de minha janela, noite após noite.

> *Ó, irmã, apressa-te com minha guirlanda de flores.*
> *Meu amado espera em nosso leito, impaciente.*

Sem poder suportar a culpa, uma noite abri a porta que dava para o jardim. Ainda ouvi seu canto, mas ninguém estava ali. Então a escutei chamar: "Nitin. Nitin Bose".

"Rima, entre. Quero falar com você." Não obtive resposta e repeti o pedido. Novamente ela não respondeu. Durante alguns minutos fiquei chamando-a para entrar, mas ninguém replicou.

Em vez de voltar para meu quarto, esperei na penumbra. Depois de algum tempo ouvi o barulho de gravetos quebrando sob pés que recuavam para os bosques existentes ao redor da casa. Corri até o muro. Quando coloquei a perna sobre ele, escutei-a chamar mais uma vez: "Nitin. Nitin Bose".

"Rima, espere! Preciso falar com você!", gritei.

"Nitin Bose!" A voz foi morrendo à medida que ela corria por entre as árvores. A escuridão era tão densa que me arrependi de não ter apanhado uma lanterna com o guarda para poder enxergar o caminho. Então me lembrei de que a lua estava em eclipse e o guarda supersticioso não se atreveria a sair numa noite tão cheia de maus agouros.

Sem me importar com os galhos mais baixos, que me fustigavam o corpo, corri atrás dela pela selva, chamando seu nome em meio à escuridão.

De repente, quase diante de mim, ela gritou: "Nitin. Nitin Bose".

"Sim", respondi, surpreso. Ouvi um baque, como de dois livros jogados um sobre o outro. E ao escutar esse barulho senti o ar sendo sugado de meus pulmões.

Não havia nada me tocando, mas parecia que haviam colocado uma bomba sobre meus lábios, sobre meu nariz, Eu queria ar e me via incapaz de respirar. Mais forte que o ruído de minha asfixia, ouvi uma risada e depois o riscar de um fósforo. Uma lanterna brilhou na escuridão, iluminando de baixo para cima o rosto de uma mulher que ajustava a chama.

Rima colocou a lanterna a seus pés e apanhou alguma coisa no chão.

"Agora você não vai me deixar nunca, por mais longe que vá", disse, triunfante, balançando seu troféu diante de mim. Era um coco, uma metade cobrindo a outra. Sentindo que começava a cair, tentei agarrá-la, porém ela se esquivou, e tombei no chão. Rima pegou a lanterna e desapareceu na selva.

Fiquei deitado sob as árvores, tentando sorver o ar para levá-lo aos pulmões, e só o cheiro fétido dos vegetais em decomposição enchia-me as narinas. Além de minha respiração rouca, eu escutava seu canto de vingança, perdendo-se na escuridão:

> *Traz meu óleo e meu colírio.*
> *Irmã, traz meu espelho e a tintura.*
> *Apressa-te com minha guirlanda de flores.*
> *Meu amado espera no leito, impaciente.*

É a última lembrança nítida que tenho.

O que se segue foi ditado pelo mordomo a meu pedido.

"De madrugada o guarda deu uma volta ao redor da casa antes de se recolher. A porta de seu quarto estava aberta, e sua cama, intacta. Não o encontrando em parte alguma, o guarda saiu para procurá-lo no bosque.

"Encontrou-o deitado no chão. Perguntou-lhe se estava bem, mas o senhor não dizia coisa com coisa, só chamava o nome Rima e cantava uma canção que nossas mulheres tribais entoam na ocasião de um casamento.

"O guarda correu para meu quarto e me acordou. Juntos conseguimos carregá-lo do bosque para sua cama. Percebemos que seu mal não era físico e ficamos com medo. Compreendemos que havia saído durante o eclipse. Talvez não soubesse que um homem pode contrair uma doença fatal ou enlouquecer se sair de casa no eclipse da lua. Mandamos chamar o sacerdote do vilarejo tribal para que nos aconselhasse antes de informamos o sr. Sen.

"O sacerdote tentou conversar com o senhor, perguntou-lhe por que estava caminhando pela floresta numa noite tão agourenta. Quem ia encontrar. Mas o senhor só cantava e chamava esse nome, Rima, os olhos estranhos como os de um louco. O sacerdote nos recomendou que não deixássemos ninguém vê-lo e foi-se embora.

"Uma hora depois voltou com uma cesta coberta. Pediu-me que aquecesse um pouco de leite e foi se colocar junto a sua cabeceira. Levei o leite quente, pensando que ele tinha algum remédio para lhe dar. Quando cheguei perto de sua cama, gritei de medo e derramei o leite. O sacerdote segurava uma cobra a alguns centímetros de seu rosto e recitava um encantamento qualquer. Vi a língua da cobra se agitando para tocar a pele de seu rosto. Contudo, o senhor não estremeceu, nem sequer piscou. Isso me amedrontou ainda mais.

"Aqueci leite fresco. O sacerdote pegou a vasilha e colocou-a no chão, para a cobra tomar, e rezou para ela numa língua que eu não entendia. De repente o senhor lhe perguntou: 'O que está fazendo em meu quarto?'.

"Ele explicou que o senhor tinha estado cantando e falando sobre uma mulher chamada Rima. Pediu-lhe que se levantasse e anotasse todas as lembranças que lhe ocorressem de sua ligação com ela.

"O dia inteiro o senhor ficou sentado à sua mesa, escrevendo. Esgotado pelo esforço, já estava dormindo quando o sacerdote voltou. Ele me pediu para aquecer um pouco de leite e realizou a mesma cerimônia da manhã, rezando para a cobra, enquanto esta tomava o leite. Então o senhor acordou, mas já não parecia estranho. Até disse ao sacerdote: 'Não sei o que me fez agir dessa forma'.

"Ele lhe explicou: 'Alguém se apoderou do senhor. A magia que o possui está além de minhas forças. Ela vai exercer seus poderes novamente. Sua memória será afetada. O senhor pensará que é outra pessoa'.

"'Que bobagem!', o senhor gritou. 'Não acredito em magia. Alguém deve estar tentando me envenenar. Aquela cobra me picou?'

"'Essa cobra o ajudou. Mas só um pouco. E não por muito tempo', o sacerdote respondeu.

"O senhor não quis acreditar nele. Na semana seguinte mandou buscar o médico todos os dias. O médico repetia que não havia nada errado com o senhor. Então o senhor passou a tomar uísque, porém quanto mais bebia menos controle tinha sobre sua mente e ficava cantando aquela canção sobre óleo e tintura ou chamando-se de Rima. Mandei buscar o sacerdote novamente.

"Ele me falou: 'Se seu *sahib* deseja recuperar a razão, deve venerar a deusa em qualquer templo que dê para o rio Narmada. Só esse rio tem o poder de curá-lo'."

8.

Quando finalmente fechei o diário de Nitin Bose, era tarde demais para dormir. Tive pena do rapaz, porém não via sentido em sua história. Cansado de minha própria incompreensão, fui para o terraço.

Como sempre, a escuridão que precede o amanhecer me acalmou. Embora não pudesse avistar o Narmada, sentei-me com o rosto voltado para o leste, onde o rio se revela aos homens santos que rodeiam o tanque em Amarkantak, e me pus a imaginar o que os ascetas pensavam ao ver a água brotando de uma corrente secreta e murmurando em remoinhos sob suas pernas cruzadas, misteriosa e fascinante na noite que morria.

Pensavam no Narmada como a prova de uma grande penitência de Shiva, ou o imaginavam como uma bela mulher que ia dançando até o mar Arábico, despertando a luxúria de ascetas como eles, enquanto Shiva ria da loucura de sua paixão?

A madrugada clareou o céu, e consegui ver o Narmada saltando impetuoso pelas distantes rochas de mármore. As cascatas refratavam os primeiros raios de sol, transformando-os em arcos coloridos, como se o rio fosse uma mulher a enfeitar-se com joias.

Abaixo do terraço a água ainda era escura e parecia imóvel nas sombras, como uma mulher que indolentemente estende braços e pernas ao ungir-se com óleos perfumados, os longos cabelos negros soltos, os olhos delineados com colírio.

Vi a água avermelhar-se devagar, captando reflexos das cores rosadas do alvorecer, e imaginei o rio como uma mulher pintando de escarlate a palma das mãos e a planta dos pés a fim de ir encontrar-se com seu amado.

Era a primeira vez que me ocorriam tais ideias em relação ao Narmada. Agora as lendas se misturavam com a história de Nitin Bose, enquanto eu me esforçava para compreender o poder da mulher que o encantara.

Se nem mesmo o Grande Asceta pôde resistir às armas disparadas por Kama com seu arco carregado de abelhas, como o pobre Nitin Bose haveria de sobreviver às setas de Kama que atingiram o alvo, transpassando-o com o encantamento, inflamando-o com a lascívia, ressequindo-o com o desejo, tornando-o indefeso com os paroxismos de sua própria paixão, até que o feriu a quinta flecha, a fatal, a Mensageira da Morte?

O sol surgiu por sobre os montes Vindhya, uma flamejante bola de luz sugando a cor da água até brilhar igual ao vidro, dura como a perseguição de uma mulher ao amante. A luz intensa feriu-me os olhos. Deixei o terraço e encontrei a equipe aguardando minhas instruções. Dei as primeiras ordens da manhã. Depois escrevi um bilhete para o sr. Chagla, recomendando-lhe que não perdesse Nitin Bose de vista, porque eu ia dormir.

"Sir! Acorde, sir. Precisa se arrumar!"

Abri os olhos. O sr. Chagla me olhava com seu rosto redondo, pequeninas gotas de água circundando-lhe as marcas dos dedos num copo gelado.

"Tome, sir. Tome um pouco de suco."

"Como está nosso hóspede, Chagla?"

"Excelente, sir. O senhor vai ver quando ele voltar do santuário."

"Você o deixou ir ao santuário sozinho?"

"Imagine! Os guardas foram com ele. E também suas esposas."

"São aldeões analfabetos." Eu ouvia minha voz alterando-se em função do medo. "Por que você não o acompanhou? E se ele se machucar?"

"Eu não podia ir, sir. Não deixam forasteiros entrarem no

templo. Mas dei ordens severas. O sr. Bose tem de voltar em perfeitas condições."

"E como Bose foi com eles? Não é um tribal."

"Disseram que ele foi tocado pelo poder da deusa, de modo que não é mais um forasteiro. De qualquer modo, não se preocupe, sir. Sei tudo que vai acontecer. O santuário não passa de uma grande figueira-de-bengala. Nada nocivo. Lá os aldeões vão se reunir com o sr. Bose. Agora se apresse, sir. Precisa se alimentar. O cozinheiro está esperando na sala de jantar com sua comida."

O sr. Chagla saiu do quarto, e me lavei às pressas. Enquanto me vestia, gritei-lhe atrás da porta fechada: "O que acontece na assembleia? Os guardas lhe falaram?".

"Os tribais vão pedir à deusa que perdoe o sr. Bose por negar o poder do desejo."

"Poder do desejo?", perguntei, saindo do quarto, tranquilizado pelo brilhante sol da tarde e por minhas roupas engomadas. "Chagla, essa bobagem contaminou você?"

O sr. Chagla olhou-me com a ansiedade de um pai observando uma criança voluntariosa. "Mas, sir, sem desejo não existe vida. Tudo ficaria parado. Vazio. Morto, na verdade."

Fitei-o, perplexo, e o rosto liso do sr. Chagla se enrugou com o esforço de me fazer compreender. "Não foi uma mulher que se apoderou da alma do sr. Bose, sir. Como pode acontecer uma coisa dessa?"

"Então qual é o negócio dessa deusa?"

"Sir. Realmente, sir." O sr. Chagla suspirou, frustrado. "A deusa é apenas o princípio da vida. É toda ilusão que inspira amor. Por isso é maior que todos os deuses juntos. Chame-a como quiser, mas ela é o que uma mãe sente pelo filho. Um homem por uma mulher. Um homem faminto por comida. As criaturas humanas por Deus. E o sr. Bose não a respeitou, por isso está sendo punido e tem de conseguir o perdão."

"Sentado embaixo de uma árvore?"

"Não, sir. Ele não vai se sentar. Os aldeões é que vão se sentar. O sr. Bose terá de fazer uma imagem de barro da deusa."

"Para quê?"

"Para levar ao rio e imergi-la. Encontrei um lugar de onde podemos observar a procissão, escondidos de olhos humanos. Mas primeiro o senhor precisa comer, sir. Esses tribais não têm senso do tempo."

Senti que a situação me fugia ao controle. "Qual é a finalidade da procissão?"

"Ritual, ritual e ritual, sir. Como repetir a tabuada do dois."

"Chagla, nada disso faz sentido."

"Claro que faz, sir. O que não faz sentido é o sr. Bose dizer que o desejo é coisa de feitiçaria. O desejo é a origem da vida. Há milhares de anos nossos tribais adoram o desejo na figura da deusa. O senhor ouviu a oração dos peregrinos: 'Salva-nos do veneno da serpente'. Pois bem, sir, o significado da oração é o seguinte: a serpente em questão é o desejo; seu veneno é o mal que um homem faz quando ignora o poder do desejo."

Derrotado pela bonomia do sr. Chagla, fui para a sala de jantar, perguntando-me se seu rosto franco e seu corpo rotundo escondiam um entendimento que eu não possuía. Enquanto comia, tentei compreender o que o sr. Chagla dissera, meus olhos vagando ociosos pelo mosaico de flores e pássaros incrustado nas paredes da sala.

Ao ouvir os tambores e os cânticos, o sr. Chagla entrou correndo na sala de jantar. "Depressa, sir! A procissão está vindo pela selva.'"

Subi a escada rapidamente, seguido pelo cozinheiro e por outros curiosos servidores do bangalô. Apinhamo-nos no terraço da suíte de Nitin Bose, que dava para a selva.

As árvores sombreavam o atalho íngreme que conduzia à margem do rio, mas numa clareira vimos uma fila de aldeões seguindo um ídolo enguirlandado que estava num andor de longas hastes de bambu. Quatro homens seguravam as hastes nos ombros. Reconheci-os como os guardas do bangalô. Atrás deles vi de relance o rosto de Nitin Bose. Depois o jovem desapareceu na curva do caminho, e só pude avistar o ídolo acima dos arbustos, balançando no andor, enquanto os homens desciam a ladeira escarpada.

O sr. Chagla gentilmente me puxou pelo cotovelo, cochichando num tom de conspirador: "Sir, vamos para meu esconderijo assistir à cerimônia".

Segui-o escada abaixo até o jardim. Num canto do jardim ele abriu um enferrujado portão de ferro que dava para os tanques de água sob o terraço. O atalho era percorrido uma vez por ano, quando se inspecionavam os tanques. Agora o sr. Chagla andava à minha frente, esmagando sob seus passos urtigas e ervas daninhas a fim de abrir caminho para um talude rochoso no meio da encosta.

Agachamo-nos atrás de uma pedra, a procissão deslizando pela senda íngreme. O sr. Chagla escolhera um ponto de observação perfeito. Dali avistávamos nitidamente a margem do rio, sessenta metros abaixo, e eu até consegui ver peixes nadando na água clara do rio, que lentamente se tornava cinzenta com a aproximação do crepúsculo.

A procissão descia a encosta, aos tropeços, e os guardas gritavam uns com os outros, lutando para evitar que o ídolo caísse ao depositarem o andor no chão.

Os aldeões recuaram para que Nitin Bose se aproximasse do ídolo. Ele parecia deslumbrado. Por um longo momento ficou parado diante da imagem de barro, e nada aconteceu. Depois, como se de repente se lembrasse de uma instrução, envolveu a estátua com seus braços, ergueu-a do chão e, sempre carregando-a, entrou na água. Os tribais o seguiram, as mãos levantadas, o rosto voltado para o oeste. O crepúsculo carmesim tingia-lhes as feições de vermelho, quando Nitin Bose mergulhou o ídolo no rio, cantando:

> *Pela manhã e à noite eu te saúdo, ó Narmada.*
> *Defende-me do veneno da serpente.*

O ídolo de barro começou a desintegrar-se, e vimos fragmentos da imagem serem levados rio abaixo — um braço quebrado, um seio, guirlandas partidas rodopiando na direção das lamparinas de argila que flutuavam na curva escura do rio.

Os sinos dos templos de Mahadeo tocavam, chamando para as preces vespertinas. O sr. Chagla se levantou e passou a pisotear as urtigas. "Logo vai escurecer completamente, sir. Vamos voltar para o bangalô antes que as cobras nos devorem."

Levantei-me. Mal conseguia distinguir lá embaixo as figuras ensombrecidas dos aldeões de Vano, que ainda estavam de pé na água, rodeando Bose. Segui o sr. Chagla pelo caminho do bangalô, as vozes dos aldeões sumindo na distância; eles repetiam depois de Nitin Bose:

> *Pela manhã e à noite eu te saúdo, ó Narmada.*
> *Defende-me do veneno da serpente.*

Nitin Bose ficou três semanas no bangalô, constituindo uma fonte de constante preocupação para mim.

Eu não conseguia me concentrar em minhas meditações da madrugada, ouvindo-o descer a senda íngreme que levava ao rio. Vivia com medo de que caísse ou fosse picado por uma cobra antes de alcançar a margem do Narmada e fazer sua saudação.

À noite eu já não sentia prazer em contemplar o crepúsculo de nosso terraço, pois temia que algum mal lhe acontecesse enquanto estava de pé, com água até a cintura, orando ao Narmada.

Como nunca fui pai, achava irritante essa responsabilidade, desconhecida para mim. Considerava Nitin Bose um jovem tolo que atraíra o infortúnio, embora o sr. Chagla me dissesse que ele devia estar trabalhando em alguma coisa, pois tinha a escrivaninha coberta de papéis.

Fiquei muito aliviado quando o rapaz finalmente partiu e o bangalô retomou sua rotineira serenidade.

Pouco após sua partida, recebi uma carta de meu velho colega, agradecendo-me por ter cuidado de seu sobrinho.

"Eu sabia que podia contar com sua discrição. Aliás, Nitin me mostrou um ensaio muito interessante que escreveu sobre as práticas tribais em sua área. Pedi a ele que o enviasse à *Asia Review* para tentar publicá-lo."

O sr. Chagla ficou contente quando lhe falei do ensaio. "E sabe de uma coisa, sir?"

"O que, Chagla?"

"Só ontem ouvi umas crianças da aldeia cantando no caminho de Vano. Sabe o que elas cantavam?

> *Traz meu óleo e meu colírio.*
> *Irmã, traz meu espelho e a tintura.*

"Nada está perdido para sempre, sir. Essa é a beleza de um rio na paisagem."

9.

O DR. MITRA HAVIA ESTADO EM DELHI num congresso de medicina. Agora nos encontrávamos sentados na larga varanda do bangalô, tomando chá, enquanto eu lhe contava a história de Nitin Bose.

A tarde ia morrendo, e a atmosfera opressiva que precede a estação chuvosa parecia dissipar-se finalmente. Uma leve brisa soprava do rio, trazendo esperança de chuva.

"Um caso interessante", comentou o dr. Mitra depois de ouvir meu relato. "Mas provavelmente não é incomum."

Um súbito ataque de riso sacudiu o corpo magro no qual a camisa e as calças de algodão branco pareciam esvoaçar como se estivessem penduradas num cabide. "Com certeza alguém vai comemorar a cura de Nitin Bose construindo um templo onde ele imergiu o ídolo. E esse vai se tornar um local de peregrinação, atraindo multidões de lunáticos para sua margem do rio."

"Já teve pacientes que se diziam possuídos?", perguntei, incapaz de imaginar alguém que sofresse do mal de Nitin.

"Possuídos, exatamente, não, mas divididos entre dois rumos. Era só o que podíamos esperar, sentados como estamos no campo de batalha entre os arianos e os pré-arianos."

Preguiçosamente, fiquei observando uma flor que caíra e agora rolava pela grama. "O que isso tem a ver com ser possuído?"

"Meu caro. Isso está na própria essência da guerra pela posse da Índia — opondo a razão ariana às crenças primitivas dos tribais. Embora estes na verdade não fossem absolutamente tribais. Como Nitin Bose anotou em seu diário, muito antes de os arianos chegarem eles já possuíam uma civilização, com grandes cidades e tudo o mais. Chamavam-se nagas e adoravam

Naga, a serpente. Em minha opinião, é deles que deriva a palavra *nagara*, que em sânscrito significa 'cidade'."

O dr. Mitra estirou as pernas compridas e reclinou-se nas almofadas da poltrona de vime, apertando os olhos ante o sol da tarde que se punha sobre o rio. "Sabia que *narmada* é 'prostituta' em sânscrito?"

Fiquei ofendido. "Impossível. O Narmada é o rio mais sagrado da Índia."

Ele se voltou para mim, a ironia estampada no rosto magro. "Ah, sim, eu me esqueci. Uma simples olhadela para as águas do Narmada purifica uma criatura humana de gerações de nascimentos pecaminosos. Imagine como devemos ser puros, você e eu, olhando para esse rio diariamente."

Ignorei seu sarcasmo. "Portanto é impossível que *narmada* signifique 'prostituta'."

O dr. Mitra brandiu para mim o dedo ossudo. "Espero que você não esteja contraindo a fatal doença indiana de tornar tudo sagrado, meu amigo. O Narmada já é sagrado demais. Sabe quantos lugares sagrados existem nas margens desse rio? Quatrocentos bilhões, segundo as escrituras purânicas."

Não discuti. O dr. Mitra é uma espécie de estudioso do Narmada, parte da excentricidade geral de sua natureza que o levou a dirigir um hospital de seis leitos na pequena cidade de Rudra em vez de conduzi-lo para qualquer uma de nossas grandes cidades, onde seus numerosos títulos lhe permitiriam exercer a profissão de maneira lucrativa. Ele afirma que encontra aqui pacientes mais interessantes do que poderia esperar ter em Delhi ou Bombaim, e, sempre que descreve um peregrino entregue a seus cuidados com apenas um terço do corpo ou com alguma forma de elefantíase particularmente horrível, seus olhos brilham como se estivesse descrevendo uma obra de arte.

É estranho que um homem cético como o dr. Mitra aprecie as histórias do rio, mas seu temperamento caprichoso parece que se encanta ao desemaranhar os fios de mitologia, arqueologia, antropologia em que o rio está enredado.

Como se lesse meus pensamentos, ele falou: "Sabe, o grande geógrafo alexandrino Ptolomeu escreveu sobre o Narmada. Acho que até os gregos e os alexandrinos ouviram falar do caráter sagrado do Narmada e dos religiosos suicidas em Amarkantak — pessoas que jejuavam até a morte, ou se imolavam nas margens do Narmada, ou se afogavam em suas águas a fim de se libertar do ciclo de nascimento e renascimento".

Balançou a cabeça, perplexo com os extremos a que a loucura religiosa pode levar os homens.

"Os antigos gregos provavelmente teriam apreciado a mitologia do rio, mas afinal tinham de lidar com um único conjunto de mitos, enquanto os indianos nunca se contentaram com uma só mitologia, já que podiam acrescentar a ela outras cem."

Eu ria de sua incompreensão, enquanto ele continuava discorrendo sobre os excessos dos devotos.

"No topo de toda essa mitologia está a astrologia do Narmada. Acredita-se que o caráter sagrado do rio neutraliza os efeitos maléficos de Saturno, e por isso toda espécie de epilépticos, depressivos e outros infelizes corre para suas margens. E no entanto o Narmada também atrai estudiosos. Há cidades à beira-rio que são famosas pela sabedoria de seus brâmanes. É como se a razão e o instinto vivessem guerreando nas margens do Narmada. Quer dizer, aqui a guerra entre os arianos e os pré-arianos ainda não terminou."

"Depois de quatro mil anos?"

"Meu caro. O que me diz do templo de Supaneshwara, na margem norte do Narmada?"

Admiti com relutância que nunca tinha ouvido falar em tal templo.

"Mas deve ter ouvido falar do Imortal que dorme nas florestas próximas ao templo."

"Quem é esse Imortal?", perguntei, meio irritado com seu ar de mistério.

"Um guerreiro ariano."

"Você quer me dizer que um guerreiro ariano de quatro milênios está dormindo na margem norte do Narmada?"

"Isso mesmo, meu caro." O dr. Mitra sorriu, radiante. "Posso até lhe contar como ele se chama. Avatihuma."

"Nunca ouvi tamanha bobagem em toda a minha vida."

"Pergunte a qualquer tribal. Seu guarda é de Vano. Ele vai confirmar minha história."

Não consegui resistir ao desafio e gritei pelo sr. Chagla. Uma cabeça redonda apareceu na janela do escritório e balançou toda contente quando mandei chamar o guarda.

O dr. Mitra deu-me um tapinha no braço. "Lembre-se, os pré-arianos viveram aqui pacificamente durante séculos, talvez até milênios, antes de os arianos chegarem. Sua filosofia se baseava num profundo respeito à natureza e à interdependência de todas as formas de vida.

"E então vieram os arianos. Nômades irrequietos. Obcecados pela conquista. Amantes da guerra. Colocavam as verdades apreendidas pela mente acima de todas as outras, inclusive as verdades da natureza. Em outras palavras, a guerra entre os pré-arianos e os arianos foi um conflito clássico entre o instinto e a razão. Como o conflito que levou Nitin Bose à loucura. De qualquer modo, os pré-arianos massacraram certo número de arianos. Mas os guerreiros arianos receberam a imortalidade de seus deuses. E os imortais não podem morrer. Ah, aí está o guarda."

Um homem alto de uniforme cáqui postou-se na grama, segurando numa das mãos uma vara grossa de bambu e com a outra batendo continência. O dr. Mitra uniu as mãos em cumprimento e depois perguntou: "Já ouviu falar de um templo chamado Supaneshwara?".

"Sim, *sahib*. Meu pai fez uma peregrinação até esse templo."

"É fácil chegar lá?"

O guarda hesitou. "Não fica longe daqui. Mas a selva é muito espessa naquelas colinas onde o rio nasce, *sahib*."

"Será que eu poderia ir até lá...?" O dr. Mitra só estava pensando em voz alta, porém suas palavras deixaram o guarda inquieto.

"Não, *sahib*. Meu pai quase perdeu a vida na viagem. Bandidos e toda espécie de maus elementos habitam aquela região. Não existem aldeias para abrigar os viajantes, de modo que qualquer um pode atacar à vontade."

Fiquei curioso para saber por que a área tinha tantos bandidos. "A polícia não consegue prendê-los?"

"Impossível. Um homem pode desaparecer para sempre naquelas florestas. Mas não é só por isso que os bandidos vão para lá, *sahib*. Eles também procuram o Imortal."

"Quem é esse Imortal?", perguntei, cada vez mais impaciente.

"É da raça que conquistou meu povo. Meus antepassados cortaram-lhe a cabeça fora, porém não conseguiram matá-lo. Até hoje a cabeça está lá na selva, *sahib*. Dormindo, porque não pode morrer."

A curiosidade do dr. Mitra superou seu triunfo por demonstrar meu erro. "O que os bandidos fazem quando a encontram?"

"Diz-se que as abelhas rodeiam a cabeça do Imortal, *sahib*. Os bandidos acreditam que se forem picados por uma dessas abelhas não haverão de morrer num tiroteio com a polícia."

O dr. Mitra estirou-se em sua poltrona, sorrindo com prazer por ter mais uma história para acrescentar às histórias que pareciam multiplicar-se em torno desse rio espantoso.

Trovões estrondearam, e velozes nuvens de tempestade cobriram o sol de repente. O guarda voltou para seu lugar, erguendo o rosto para os pingos de chuva que caíam intermitentes do céu escuro. Depois os raios rasgaram as nuvens negras, e a primeira tempestade da estação chuvosa alagou o jardim.

O sr. Chagla correu para a varanda e se pôs a desenrolar as cortinas de bambu presas entre as colunas. O aguaceiro arrancou o dr. Mitra de seus devaneios. "Acho melhor você voltar comigo para a cidade, Chagla. Daqui a pouco a estrada vai virar um lamaçal."

O sr. Chagla aceitou de bom grado a carona. Pelo inusitado desânimo de sua expressão, percebi que já estava apavorado com a perspectiva de passar semanas pedalando em atalhos barrentos, embaixo de tempestade, até chegar ao trabalho.

No mês seguinte não tive tempo de pensar em bandidos.

Mesmo com monções mais brandas a encosta íngreme atrás do bangalô represa a água da chuva, despejando em nosso terreno enxurradas lamacentas. Galhos quebrados caem no único fio elétrico que nos liga à estação de força em Rudra, e o gerador do bangalô é tão velho que não dá conta das frequentes faltas de energia. Para remediar a situação, o pobre sr. Chagla constantemente vai a Rudra carregar um triciclo alugado com peças para o gerador e volta, atravessando as poças de lama que os carros de boi deixaram na estrada.

Felizmente nunca temos hóspedes nesses meses e conseguimos cuidar do bangalô sem nada que nos divida a atenção.

Este ano as chuvas foram muito fortes, e o gerador quase não funcionou, apesar de o sr. Chagla tê-lo praticamente reconstruído para que tivéssemos luz.

Um dia pela manhã eu estava sentado à minha mesa, no escritório, sem conseguir trabalhar. Nada havendo para renovar o ar, a umidade já fazia a roupa grudar-se em minha pele. Olhei para as nuvens negras que cobriam o céu, aborrecido com essa estação em que as chuvas fortes me mantinham preso dentro de casa, e esperei com impaciência que o sr. Chagla chegasse e fizesse algum milagre com o gerador.

Por fim o triciclo pipocou no portão, e a figura oval do sr. Chagla atravessou o jardim. Suas calças estavam sujas de barro até os joelhos, porém seu enorme guarda-chuva preto escondia-lhe a cabeça, de modo que só quando ele se voltou na direção da casa foi que vi a velha protegida sob seu braço.

"Podemos hospedar uma visita, sir?", o sr. Chagla perguntou ao entrar no escritório, sacudindo mal-humorado as pernas das calças encharcadas.

"Em plena época das chuvas? Impossível, Chagla. Não temos nada funcionando."

"Nem mesmo por uma ou duas noites?"

"Chagla, seja razoável. Não estamos preparados para receber hóspedes."

"Mas a estrada está praticamente alagada, sir. O triciclo enguiçou. Entrou água no motor. Uma tragédia. Foi então que vi aquela senhora caminhando pela estrada. Ela me disse que ia a um templo mais ao norte daqui. Eu lhe pedi que me ajudasse a empurrar o triciclo, mas, coitada, ela era muito fraquinha. Parecia tão cansada, como se fosse cair a qualquer momento. Eu não podia deixá-la lá, sir."

"Onde ela está agora, Chagla?", perguntei, exasperado.

"Na sala de visitas."

"Acho bom avisar que ela não vai ter muito conforto por aqui."

O cheiro de estofo molhado me envolveu quando entrei na sala de teto alto concebida para se manter fresca mesmo no pior calor do verão. Agora as pequenas janelas mergulhavam o ambiente na penumbra, de maneira que brilhavam na sala somente as cores das borboletas e das flores que adornavam os mosaicos de mármore. A mulher estava de pé no meio da sala, fitando os mosaicos. Voltou-se quando me aproximei, e naquela luz esmaecida demorei um instante para perceber que seu sári enlameado era branco.

"Quanto tempo quer ficar aqui?", perguntei rudemente.

"Só esta noite, sir." Seu rosto era tão magro que as rugas se destacavam mais que as feições. "Amanhã eu volto com minha filha para apanhar meus pertences."

De repente um sorriso radiante iluminou-lhe a expressão, e percebi que no passado ela devia ter sido bonita. "Depois, sir, finalmente vou levar minha filha para casa."

"Sua filha fugiu?" Sempre me esforcei para que o bangalô não se transformasse no cenário de uma batalha familiar.

"Oh, sir, se Deus tivesse sido tão bom." A velha se pôs a chorar, e eu rapidamente mudei de assunto.

"Onde sua filha está agora?"

"Perto de um templo chamado Supaneshwara. Eu vi no mapa. Deve ser bem perto."

Não lembrei onde tinha ouvido falar do templo, do contrário poderia ter evitado uma tragédia. Mas tudo que me importava era fazer a mulher parar de chorar. As palavras que ela pronunciou a seguir novamente me despertaram suspeita. "Rezo para que minha filha não fique marcada para sempre por sua experiência."

"Experiência, senhora?"

"Oh, sir, minha filha foi raptada há dois anos."

"Santo Deus. Precisamos informar a polícia imediatamente."

Voltei-me para sair da sala. A mulher agarrou-me o braço. "Não. A vida de minha filha estaria em perigo. A polícia abandonou a busca meses atrás. Com medo dos captores de minha filha. Eu estava lá quando a raptaram. Vi os homens que levaram minha filha. Se os tivesse visto, saberia que não existe crueldade da qual não sejam capazes."

Ela vacilou, seu peso empurrando-me para baixo. Coloquei a mão sob seu cotovelo e a conduzi até uma cadeira.

Nesse momento o sr. Chagla entrou na sala, trazendo uma bandeja de chá. Solícito, serviu uma xícara a nossa aflita visitante, e ela enxugou as lágrimas na barra do sári antes de tomar alguns goles.

Pensei que o chá a tivesse acalmado, porém, quando falou de novo, ainda era evidente seu receio de que eu informasse a polícia.

"Já perdi minha filha uma vez, sir. Eu lhe suplico, não coloque sua vida em perigo novamente. Permita que lhe conte como minha filha foi arrancada de mim. Então há de compreender por que a polícia a abandonou."

10. A HISTÓRIA DA CORTESÃ

HÁ CINQUENTA ANOS, quando ainda existiam reinos na Índia, nosso pequeno estado de Shahbag era famoso em todo o país por sua cultura.

Pequeno demais para interessar ao Império Britânico, Shahbag foi salvo, talvez, por seu tamanho. Nosso governante, o *nawab* de Shahbag, não recebia salvas de tiros dos ingleses, e o vice-rei nunca o visitou. No entanto, se nos fora negado o esplendor imperial, em nosso isolamento conseguimos preservar o esplendor mais autêntico do comportamento civilizado.

Era fácil cultivar a civilidade na beleza de nosso ambiente. O senhor sabe, *Shahbag* significa "jardim do imperador". O nome de nossa capital resultou do prazer que o imperador Jehangir sentiu ao ver os campos de flores na margem do rio e, mais além, o Narmada estendendo-se por quase vinte quilômetros de largura, imenso como o mar.

Uma vez por ano, tal qual crianças de escola, íamos com nosso governante lançar flores em suas águas. Apesar de muçulmano, o *nawab* venerava a natureza sagrada do rio. Ainda escuto sua voz, ecoando pelos microfones: "O banho nas águas do Jamuna purifica um homem em sete dias, nas águas do Saraswati em três, nas águas do Ganges em um; contudo o Narmada purifica com a simples visão de suas águas. Eu te saúdo, ó Narmada".

E todos gritávamos: "Eu te saúdo, ó Narmada!", e jogávamos nossas guirlandas na água, competindo entre nós para ver quem as atirava mais longe.

Naquela época, quem saía para dar um passeio de barco avistava as pessoas caminhando pelos jardins que se estendiam por todo o comprimento da cidade ou descansando junto aos canteiros de flores que conduziam à beira da água, e ao entardecer os músicos sempre tocavam nos coretos. Então, caída a noite, via-se por sobre os jardins a silhueta da cidade delineada na escuridão, enquanto se acendiam luzes nas mesquitas, nos balcões em arco do palácio do *nawab*, nas janelas das grandes mansões dos aristocratas. Nossa *haveli* era uma das grandes mansões. Os menos abastados moravam nas ruas que desembocavam em algum ponto central — um bazar, um local de culto —, de modo que a cidade inteira tinha uma simetria agradável aos olhos.

Amplos bulevares margeavam os jardins junto ao rio. Hoje os lampiões de gás que o *nawab* mandou vir de Paris foram todos retirados, mas quando eu era criança sua luz lançava um brilho romântico sobre as carruagens em que os senhores das grandes famílias de Shahbag tomavam a fresca do rio. Às vezes uma beldade famosa, como minha avó, estava sentada a seu lado. Embora tivesse o rosto velado, suas ricas vestes e principalmente seu leque de penas de avestruz e cabo cravejado de pedras preciosas revelavam a todos que ela era de nossa *haveli*.

O senhor sabe, diziam que as cortesãs de nossa *haveli* eram ainda mais ricas que o *nawab*. Outros governantes as cobriam de presentes. Famosas não só por sua beleza como também por sua cultura, eram muito procuradas para educar os herdeiros dos reinos mais poderosos da Índia.

O senhor conhece o clássico de Vatsayana, o *Kama Sutra*? Não? Leia os requisitos de uma cortesã descritos por Vatsayana. Ela deve dominar sessenta e quatro artes, da arquitetura à zoologia. Pintura, arranjos florais, música, línguas, filosofia, joalheria, literatura, até matemática. Talvez não fôssemos tão cultas quanto as damas do *Kama Sutra*, porém certamente éramos mais refinadas que qualquer outra mulher da Índia.

E na realidade a essência de todas as nossas artes era apenas uma única arte: ensinar aos nobres boas maneiras. Por exemplo, coisas como fazer um elogio.

O que há de tão difícil em fazer um elogio?, o senhor poderia perguntar. Parece fácil dizer a uma mulher que ela tem um belo rosto.

Está enganado, meu senhor. As tolas aceitam esses elogios dos bandos de garotos que perambulam pelo mercado. Nós queríamos algo mais sutil, uma frase que nos encantasse e sem embargo contivesse uma farpa para nos lembrar que a beleza era efêmera, e o amor, inalcançável.

Fazer tais elogios era uma das coisas que ensinávamos àqueles príncipes. No entanto, para se expressar lindamente sobre a beleza, um homem precisa ser capaz de perceber a beleza. Afinal, as cores primárias são vistas por qualquer labrego, as escalas comuns são ouvidas por qualquer lavadeira, que as repete em suas canções quando está batendo as roupas nas pedras do rio.

Mas ensinar a um príncipe a sutil gradação de cor ou os microtons de uma melodia, educar o paladar de um jovem para que ele se torne um gastrônomo, iniciá-lo na alquimia das fragrâncias — essa era a parte mais difícil de nossa instrução.

O senhor sabe, éramos proibidas de verbalizar nossos ensinamentos. Só podíamos educar através de sugestões, de um jogo de esconde-esconde, de nuances, sempre nos esforçando para fazer de nosso conhecimento algo leve e transparente como uma bolha de sabão, mantendo-a suspensa no ar, deixando que nossos discípulos admirassem suas cores até compreender sua fragilidade.

E quando haviam captado tais requintes, e só então, às vezes permitíamos que nos tocassem.

Afinal, o tato é o mais perigoso dos sentidos, o senhor não acha?

Nossa casa era tão famosa pelo rigor de sua formação que eventualmente um soberano importante convidava nossas cortesãs mais ilustres para cantar e dançar diante do próprio vice-rei da Índia. Minha avó era muito requisitada para tais ocasiões. Ainda sinto o toque macio e perfumado de sua mão acariciando-me a testa, eu com a cabeça em seu colo, enquanto ela me contava como havia tremido ao aguardar o sinal do ministro para entrar naquelas salas imensas, onde o soberano estava sentado num trono, o vice-rei em outro mais grandioso e o séquito deste último disposto de ambos os lados por todo o comprimento do salão.

E, quando encerrava sua apresentação, uma figura sombria às vezes a detinha no corredor e lhe oferecia uma caixa forrada de veludo que podia conter uma flor de lótus toda feita de pérolas ou um botão de rosa esculpido num diamante solitário. Se aceitava o presente, o cortesão com um gesto a convidava a segui-lo.

Minha avó revestia aquelas noites de magia. Falava-me de palácios no meio de lagos aos quais fora levada de barco sob um céu repleto de estrelas. De finas teias de aranha flutuando por sobre leitos juncados de jasmins. Pérolas espalhadas sobre os lençóis. Portas em arco abrindo-se para balcões sob os quais a água marulhava docemente contra os alicerces de pedra.

Oh, como Shahbag mudou durante minha vida. Onde havia jardins agora temos fábricas. Nossos belos edifícios antigos foram demolidos para dar lugar a caixotes de concreto que receberam nomes de políticos. Os bosques que circundavam a cidade foram derrubados para ali se erguerem as taperas das colônias de trabalhadores. Até os bulevares em torno de nossa *haveli* foram devastados, de modo que hoje avistamos tão somente um bazar e temos de manter fechadas as janelas que dão para oeste por causa do cheiro do esgoto a céu aberto.

Os donos da cidade são homens que acreditam que todo ser humano tem um preço e que uma bolsa cheia significa poder. Educadas para sermos intelectuais, artistas, musicistas, dançarinas, para eles não passamos de mulheres, nossa verdadeira função sendo arquejar numa cama e receber como recompensa um colar espalhafatoso e barato que ostenta sua vulgaridade num travesseiro amarfanhado. Quando vêm a nossa *haveli* e dançamos para eles, atiram a nossos pés cigarreiras, relógios, notas imundas, sem atentar para a frieza de nossos salamaleques.

Muitas vezes chorei nos braços de minha mãe, por causa da grosseria de nossa plateia, mas ela me acalmava e dizia que eu nunca seria maculada pelo contato com aqueles homens.

O que posso dizer, sir, a não ser que minha mãe morreu e eu perdi minha proteção?

No entanto, minha filha desconhecia essas coisas. Nas quatro paredes de nossa *haveli* ela ainda aprendia as artes que no passado nos tornaram ilustres em todos os reinos da Índia.

Ensinar minha filha não me dava trabalho nenhum. Parecia que em sua forma esguia ela continha todas as aspirações de nossa *haveli*. Bastava-me fazer uma sugestão, e ela a transformava na fina flor de uma arte. Partindo dos guizos nas argolas de seus tornozelos ela conseguia ensinar a impermanência do mundo. Com uma canção podia levar os ouvintes a imaginar a possibilidade da perfeição.

Sabendo por minha amarga experiência que a era de nossa *haveli* se encerrara, eu não queria que nada comprometesse o nome de minha filha e só a deixava ir a um casamento, ao nascimento de um menino ou à festa de uma família em homenagem a seu chefe. Eu protegia sua reputação com tal zelo que acabei criando a sua volta uma aura de admiração, e ela acabou se tornando famosa não só por sua beleza, mas também por seu recato.

Consideravam-na um anjo. O senhor pode achar que esta é só a opinião de uma mãe, porém realmente, sir, minha filha era um anjo, dava amor a todos que conhecia, como uma criança dá amor aos que a afagaram e mimaram porque não sabe que existe rudeza no mundo, ou fealdade.

Tinha ela somente dezessete anos quando nosso mandatário no Parlamento a convidou para se apresentar em seu comício eleitoral na capital. Ele me disse que gente importante de Delhi falaria no comício; pensando que um dia minha filha talvez precisasse da proteção de homens tão poderosos, eu mesma a levei para o espetáculo daquela tarde.

Estranhamente, ao ver aqueles milhares de pessoas no parque, deslocando-se entediadas, enquanto os microfones instalados em cada árvore transmitiam os discursos políticos, tive um sombrio pressentimento, porém o atribuí a meu nervosismo.

Não tinha por que me preocupar. A partir do momento em

que um militante do partido a conduziu ao microfone e ela se pôs a cantar, minha filha conquistou a multidão, que a ouviu em silêncio.

Acho que nem minha avó teria controlado aquela plateia imensa como minha filha: ela empolgou o público, consolou-o, verbalizou seus anseios e seus desesperos, como se nossa *haveli* se expressasse através de sua esguia figura.

Tal era sua inocência em relação ao próprio poder, tal seu encantamento com a reação provocada por sua arte — a multidão entusiasmada explodiu em aplausos — que seu corpo tremia sob meu braço quando a conduzi para fora do palanque.

Na esperança de acalmá-la sugeri que fôssemos para casa passando pelo bazar. Como sempre acontece durante uma campanha eleitoral, o bazar estava coberto de cartazes e bandeirolas. Alto-falantes presos a riquixás motorizados despejavam *jingles* políticos, competindo em barulho com as músicas de filmes que estrondavam nas barracas de chá. Enquanto minha filha perambulava de uma venda a outra, parei na calçada para ver um grupo de atores populares que representava as promessas dos políticos para aqueles que não sabiam ler.

E então, sir, ocorreu uma reviravolta em minha vida.

Os disparos de metralhadora irromperam no barulho do bazar. Gritei por minha filha, mas multidões apavoradas enchiam a rua. As pessoas pisoteavam umas às outras para entrar nas vendas, berrando de medo, enquanto as balas varavam o ar. Ao avistar minha filha no outro lado do bazar, tentei com todas as forças abrir caminho por entre a multidão, porém estava espremida, incapaz de me mexer. Só pude ver um cobertor sendo lançado sobre sua cabeça.

Seu captor a jogou sobre os ombros, minha filha golpeando-o com braços e pernas. Ele virou o rosto para evitar suas unhas afiadas e, oh, sir, nesse momento vi Satanás andar pela terra. Então seus capangas o ajudaram a entrar num jipe e partiram, disparando as armas para o alto.

Rahul Singh levou minha filha, sir.

Quem a raptou é o bandido mais procurado dos Vindhyas,

um homem temido pela polícia, um criminoso cujo nome se usa, até mesmo em Shahbag, para amedrontar as crianças e torná-las obedientes.

Por favor, sir, não faça nada até que eu tenha minha filha novamente na segurança de meus braços.

O SR. CHAGLA OLHOU PARA MIM. Desviei o olhar, envergonhado com minha relutância em ajudar a velha.

"Não será por nós que a polícia vai ficar sabendo do desaparecimento de sua filha", assegurei-lhe. "A senhora pode ficar aqui o tempo que quiser."

"Obrigada, sir. Está sendo muito bondoso com minha filha e comigo."

O sr. Chagla balançou a cabeça redonda, aprovando meu gesto. "Vou mandar os empregados arrumarem os quartos."

A mulher cobriu o rosto com as mãos e novamente se pôs a chorar, os ombros trêmulos. "Receio que minha filha vá precisar muito de bondade. Como essa coisa terrível pôde acontecer? Fiz de tudo para proteger minha menina. Com sua beleza e sua reputação imaculada, ela poderia ter se casado com um homem respeitável. Agora quem há de acreditar em sua virtude? Quem há de aceitá-la como esposa, depois de ter sido capturada por criminosos e mantida em cativeiro por dois anos?"

Eu estava prestes a dizer que sua filha talvez pudesse trabalhar no bangalô, mas felizmente o sr. Chagla voltou, impedindo-me de fazer uma proposta tão absurda, uma vez que nem sequer encontrara a moça.

Ele ajudou a velha a levantar-se de sua cadeira. "Precisa recuperar as forças para amanhã", aconselhou, compassivo, conduzindo-a escada acima.

Naquele dia não vimos mais nossa hóspede. Ela permaneceu em seus aposentos, enquanto o sr. Chagla tentava consertar o gerador e eu fazia um inventário das goteiras que haviam aparecido durante os recentes aguaceiros. Quando o sr. Chagla conseguiu restaurar nossa energia, a chuva tinha parado, e aproveitamos o céu claro para fazer alguns pequenos consertos no telhado. No momento não precisávamos acender a luz, mas fiquei contente porque os ventiladores estavam funcionando, livrando a velha senhora da umidade opressiva.

Para minha alegria, o bom tempo se manteve. Na manhã seguinte, depois de muitas semanas, pude sair para o terraço a fim de fazer minhas meditações do amanhecer. Ao atravessar os jardins, vi um vulto vestido de branco esgueirando-se pelo portão do bangalô e compreendi que a velha senhora já se ia para encontrar a filha.

Sempre lamentei as tempestades violentas, que me impedem de sair para o terraço com maior frequência na época das chuvas. É então que o Narmada atinge seu esplendor máximo. As cascatas distantes, ampliadas com as chuvas das monções, estrondeiam pelas rochas de mármore como a arrebentação na maré alta, e abaixo da pousada o rio se encrespa e borbulha em repentinas corredeiras, desgastando as pedras verde-cinzentas de seu leito até transformá-las nos *lingams* ovais que são o símbolo de Shiva.

Por alguma razão somente as pedras do leito do Narmada possuem a marca que denota o terceiro olho de Shiva e as três linhas de cinza de seus ascetas, tornando-se os lisos *lingams* venerados nos altares domésticos e nos grandes templos com a oração: "Nas pedras vivas do Narmada é onde se encontra Deus".

Sentei-me na escuridão, repetindo a invocação até os primeiros raios de sol transpassarem as névoas das monções que encobriam os campos no outro lado do rio. Um vento forte empurrava as nuvens para nossas colinas. Fiquei vendo-as mudar de forma e de cor à luz do sol, enquanto corriam para o horizonte a leste como bandos de animais ou como as ameias das cidades medievais, algumas amarelas, algumas cor de fumaça, algumas brancas com o brilho rosado dos búzios.

Quando terminei minhas meditações, o céu estava azul, sem uma única nuvem à vista. Decidi aproveitar o bom tempo e caminhar até a casa de Tariq Mia, curioso para ver como reagiria à história da velha.

Densas touceiras de samambaias haviam brotado desde a última vez que eu percorrera a selva existente atrás do bangalô, e a água da tempestade da véspera ainda pingava das folhagens luxuriantes. Fui contornando as poças do atalho lamacento, evitando as trepadeiras caídas que boiavam na água — convólvulo azul, jasmim branco, lantana de um rosa alaranjado. À minha aproximação, macacos guinchavam nos galhos altos, e uma vez parei para contemplar um pavão que abria a cauda em leque e dançava para atrair a companheira, afastada de meu campo de visão.

Era tão grande meu prazer de estar fora do bangalô que só me dei conta de ter subido ao topo da colina quando ouvi um grupo de aldeãs gritando para mim desde as cavernas dos jainistas.

"*Sahib*, venha ver o que encontramos!"

"*Sahib!* Venha, rápido!"

Uma mulher correu para mim e pegou-me pelo braço, levando-me a uma caverna onde as outras aldeãs se agachavam junto a uma trouxa preta.

"Viemos aqui procurar gravetos secos e achamos isto."

"O que vamos fazer com isso, *sahib?*"

Minhas mãos ficaram frias, apesar do calor. Três rifles e duas caixas de balas embrulhadas num oleado jaziam na lama. "Mande seus homens chamarem a polícia de Rudra."

As mulheres ficaram me olhando embrulhar de novo as armas no oleado e especulando ruidosamente sobre quem as havia escondido ali.

"Uma de vocês vá dizer a Tariq Mia que não deixe seu pessoal pôr o nariz para fora enquanto não receber notícias minhas", falei, subindo a encosta com as mulheres em meu rastro. "As outras voltem para suas casas e fiquem lá até a polícia informar que podem sair sem perigo."

Chegando ao bangalô, ordenei ao guarda que cuidasse para que nenhum dos empregados deixasse o local. Ele correu a verificar se alguém havia saído da pousada, e eu carreguei o embrulho de oleado para meu escritório, certo de que as armas tinham alguma relação com a filha da velha senhora.

Abri o armário de aço onde guardo dinheiro para as emergências do bangalô e coloquei os rifles e os cartuchos sobre uma pilha de pastas sem uso, na prateleira de baixo. Estava trancando o armário quando a porta do escritório se abriu.

Uma jovem esguia estava parada no saguão. Vestia um sári branco, mas o algodão de fabricação caseira dava-lhe um ar quase majestoso, como se ela aguardasse um convite para entrar. Percebi que acabara de tomar banho. Os grossos cabelos negros que lhe caíam soltos até a cintura ainda estavam molhados. Ela recatadamente afastava o olhar de mim, porém sua cativante modéstia obrigava-me a fitá-la, enquanto seus olhos rasgados examinavam um objeto qualquer sobre a escrivaninha, os cílios roçando o delicado colorido de sua face.

"Vim lhe agradecer a bondade com que tratou minha mãe", disse docemente, a voz suave encantando-me os ouvidos.

"Sua mãe?"

"Sim. Ela me encontrou na estrada."

Puxei uma cadeira, tentando disfarçar minha surpresa. "Por favor. Sente-se, por favor. Você está bem? Posso lhe servir alguma coisa?"

Ela se sentou com uma economia de movimentos que ressaltava a flexibilidade de seu corpo esguio e a graça de seus gestos fluidos.

"Quer comer alguma coisa? Precisa de dinheiro ou..."

"Minha mãe já atendeu a minhas necessidades", interrompeu-me polidamente.

Eu não estava preparado para tamanha serenidade e mal conseguia acreditar que ela havia passado por um terrível martírio. "Onde está sua mãe?"

"Descansando, antes de partirmos. Eu a fiz deitar-se."

"Poderia ir buscá-la?"

"Por favor, sir. Ela está muito cansada. Deixe-a descansar um pouco mais."

"Receio ter de falar com ela urgentemente."

"Não poderia falar comigo?"

"Não sei. Encontraram armas em nossa selva. A polícia vai

levar uma hora para chegar aqui, e então sua mãe e você podem já ter ido embora. Mas você precisa me dizer agora se está sendo perseguida. Sou responsável pela segurança de meu pessoal."

Ela olhou para mim, e julguei ver um lampejo de desafio em sua expressão; depois baixou os olhos novamente, recatada. "Ninguém corre perigo por minha causa."

"Como sabe que seus raptores não estão atrás de você?"

"Talvez acredite em mim se eu lhe contar por que fui raptada."

Ela cruzou as mãos sobre a escrivaninha. Não pude deixar de notar a elegância de seus dedos finos. Então vi que suas unhas estavam roídas até o sabugo, e essa prova de nervosismo tocou-me de um modo como seu autocontrole não me tocara. Como se percebesse minha reação, parece que de repente ela se tornou uma mocinha vulnerável.

"Muitas semanas se passaram até eu descobrir o motivo de minha captura, sir. Sobre essas semanas não tenho muita coisa para lhe contar, só que nos embrenhamos cada vez mais na selva, fugindo para um lugar que meus captores chamavam de 'o descanso do Imortal', onde a polícia não se atreveria a nos seguir.

"Tudo que lembro dessa época são meu cansaço e o gosto amargo de meu medo e os homens estranhos que estavam sempre por perto, de maneira que até em meus momentos mais íntimos eu ouvia suas risadas grosseiras e sentia o mau cheiro de seus corpos imundos. Mas durante o tempo todo meu maior medo era o de ser atacada pelo chefe do bando.

"Ele tinha um negror sinistro que parecia envolvê-lo como uma nuvem e não parava de olhar para mim. Uma vez o vi molhar a borda do turbante para limpar a poeira do rosto, revelando uma pele clara sob a sujeira. No entanto ainda pensava nele como negro, como algo mau e ameaçador. Quando escutei seus homens o chamarem de Rahul Singh, o terror me petrificou. Até em Shahbag sabíamos dos crimes de Rahul Singh. Depois disso procurava me esconder toda vez que o via me fitando. Mas seus olhos estavam sempre fixos em mim, como os de uma pantera espreitando uma cabra."

A jovem pressionou os pulsos contra as têmporas. Por um instante pensei que fosse desmaiar, mas ela alisou os cabelos numa atitude quase coquete e prosseguiu.

"No fim, chegamos ao lugar onde consta que o Imortal está dormindo. Era desolado. Nenhuma habitação humana. Só o bramido das feras e os guinchos das hienas. Durante semanas vivi na selva, com medo das cobras toda vez que me deitava. Agora estava presa numa caverna, como um animal. Roguei a Deus que me deixasse morrer."

Ela riu, um riso sem alegria. "Infelizmente descobri que a vontade de viver é mais forte que o desejo de morrer. Então, uma noite, aconteceu o que eu mais temia. Rahul Singh entrou em minha caverna. Colocou uma lanterna entre nós e sentou-se. Espero que o senhor nunca sinta o medo que senti nesse momento, aguardando que ele se movesse.

"Pareceu-me que se passaram horas, aqueles olhos vermelhos de poeira me fitando, até Rahul Singh finalmente dizer: 'Peço perdão pelo que fiz você sofrer'.

"Eu não conseguia entender a timidez com que aquele homem, que inspirava medo à simples menção de seu nome, agora me falava: 'Deus conhece minha alma e sabe que eu não a teria exposto a tais indignidades. Mas vivo fugindo da injustiça, e você precisa viver como eu'.

"Implorei-lhe que me libertasse. Em meu desespero tentei suborná-lo. 'Minha mãe não é rica. No entanto há de mendigar ou roubar para lhe pagar um resgate razoável.'

"Minhas palavras o enfureceram. 'Não raptamos você para receber um resgate.'

"'Então o que vai fazer comigo?', murmurei, assustada com a raiva que percebi em sua voz.

"'Você não sabe? Você, que foi minha esposa em tantas vidas anteriores a esta? Não sabe?'

"'Não!', gritei. 'Não! Nunca!' Eu não sabia o que estava negando além da insanidade de meu captor. Sabia apenas que aquele louco me dizia que eu nunca poderia voltar para casa. Gritei e gritei quando ele falou: 'Ninguém vai lhe fazer mal.

Você está sob minha proteção'. Gritei, pensando que nunca teria permissão para retornar a nossa *haveli*, nunca mais desfrutaria os doces refinamentos de minha antiga vida, na qual cada movimento, cada som era julgado segundo sua conveniência. Gritei, recusando-me a acreditar que seria obrigada a passar o resto de minha vida com aqueles criminosos grosseiros. Mas quem haveria de me ouvir naquele ermo onde o Imortal repousava?

"Não sei lhe dizer quanto tempo gritei, só sei que devo ter enlouquecido, porque quando recobrei a consciência estava numa choupana de barro, e umas aldeãs cuidavam de mim."

Seus cabelos grossos haviam caído sobre seus ombros. Ela os empurrou para trás, impaciente, e ergueu os braços para prendê-los num coque sobre a nuca. O gesto colou-lhe aos seios redondos o fino tecido do sári, e na curva de seu pescoço vi um sinal de nascença. Constrangido por me empolgar tanto com sua beleza, quando ela estava me contando sua história terrível, baixei os olhos e me pus a folhear os papéis sobre a escrivaninha.

"Novamente rodeada de mulheres, pouco a pouco recuperei o juízo e comecei a planejar minha fuga. No entanto, quando lhes pedi que me ajudassem, as mulheres riram. 'Como vai escapar de Rahul Singh? Ele conhece essas colinas melhor que qualquer homem vivo.'

"Implorei que me ajudassem a fugir daquele assassino.

"'Rahul Singh não é um assassino!', gritaram. 'Ele recebeu as mais altas condecorações por sua bravura nas duas guerras com o Paquistão. Depois de cumprir sua missão de soldado, voltou para casa e encontrou sua família morta, suas terras roubadas. Ninguém ousou ajudá-lo. O homem que tinha se apoderado de suas terras era protegido dos políticos locais. Como lhe negassem justiça, Rahul Singh fez o que qualquer homem honrado teria feito. Jurou vingança e eliminou todos os que haviam matado sua família. Naturalmente passou a ser perseguido. Mas nunca fez mal a ninguém que não o merecesse.'

"Eu lhes disse que ele me fizera mal quando me arrancou de minha família. E repetidas vezes implorei que me ajudassem. Elas riam e me mostravam todos os presentes que Rahul Singh deixara para mim. E, quando ele apareceu para novamente me levar para a selva, mandaram-me segui-lo como se fosse sua noiva."

Eu escutava, hipnotizado pela voz suave, mas percebi, de um modo que não sabia ao certo identificar, que sua postura havia mudado. Agora ela contava sua história como se representasse uma peça, mudando de expressão quando pronunciava as palavras de seus captores e as suas. Já não parecia vulnerável ao descrever os meses seguintes, quando constatou que as únicas armas de que dispunha eram as armas da *haveli* e decidiu utilizar todas as artes para levar Rahul Singh a desejá-la.

"Então eu sabia em algum lugar de minha mente que as aldeãs tinham razão, que ele não me tocaria sem meu consentimento. Assim, castiguei-o inflamando seu desejo por mim. E ria de sua aflição quando lhe mostrava como o achava grosseiro, desprovido dos refinamentos que eu admirava.

"Ele suportou meu ódio e minhas ofensas. Sempre que saía para um assalto voltava com um presente para mim, e seus homens me contavam que para isso havia arriscado sua segurança num bazar. E quando estava no acampamento sentava-se diante de minha caverna como um animal silencioso, suportando minhas piores crueldades."

Agora havia astúcia em seu jeito, que comecei a achar frio e até desagradável. Ainda estava deslumbrado com sua beleza, porém vi em seus gestos as manobras da cortesã, quando ela me contou que Rahul Singh deixava roupas novas diante de sua caverna e uma vez até deixou um conjunto de argolas com guizos para usar nos tornozelos.

"Acho que foi o tédio que me levou a colocar as argolas e dançar. Rahul Singh ficava do lado de fora da caverna, no escuro, olhando-me como se tentasse me provar que existia arte maior que todas as minhas artes — a capacidade de amar alguém como ele me amava. Eu dançava como se quisesse apenas me divertir, mas na verdade queria escarnecê-lo.

"Uma noite ele não conseguiu mais suportar minha cruel-dade. Sob as árvores, sem outra claridade além da luz das estre-las, visível através do espesso dossel de folhagens, sem outra voz para contradizê-lo além do bramido das feras, gritou: 'Você não sabe que é minha? Você foi minha em muitas vidas, mas eu sempre a perdi. Desta vez desembainhei minha adaga diante do Destino. Não deixarei você partir'.

"Estendeu os braços para mim. De repente soube que ele dizia a verdade, e naquela noite me atirei em seus braços. Guia-da por seu toque, descobri que conheci seu corpo numa centena de vidas antes de me entregar a Rahul Singh, novamente vir-gem, no fino acolchoado de algodão que era a única coisa que se interpunha entre nós e o solo."

Fitei-a, mal ouvindo o relato de seu casamento secreto no templo de Supaneshwara. Não conseguia imaginar o que sua mãe teria sentido ao descobrir que a inocente menina havia seduzido o demônio que a raptara.

"Depois do casamento, com medo de que a polícia me prendesse para conseguir capturá-lo, ele decidiu que eu tinha de saber manejar uma arma para me defender em sua ausência.

"Levou-me para seu recanto particular e ensinou-me a ati-rar. Éramos tão felizes ali, em nossa solidão. Ele me contou que um grande guerreiro dormia em algum lugar das redondezas com a cabeça rodeada de abelhas. Riu, dizendo que seus ho-mens o consideravam imortal porque uma dessas abelhas o pi-cara. Eu queria que uma delas me picasse também, para que pudéssemos ficar juntos para sempre, e às vezes saíamos à pro-cura do guerreiro, porém nunca o encontramos, absortos em nosso desejo recíproco.

"Quando voltávamos para o acampamento, meu marido partia de novo com seus homens. Eu repetia para mim mesma a história das abelhas a fim de acalmar meus temores em rela-ção a sua segurança. Sabia que em cada assalto ele arriscava a vida para comprar alguma coisa para mim — um véu para mi-nha cabeça, um perfume para passar em meus pulsos.

"Era um homem estranho, como vê. Tão generoso que não

sabia que era generoso e sempre hesitante em pedir qualquer coisa a alguém."

Levantei as mãos para interrompê-la, com medo de que sua história visasse despertar minha simpatia por seu captor e fazer-me esquecer as armas trancadas em meu armário. Ela ignorou meu gesto.

"Só depois que engravidei meu marido acreditou verdadeiramente que eu o amava. Então se tornou imprudente. Queria dinheiro bastante para irmos para outra região do país, onde ninguém soubesse de sua existência, onde pudéssemos envelhecer como qualquer casal, sentados à sombra da *nim*,* vendo nossos filhos brincarem.

"Num assalto ele se viu perto de Shahbag. Pensando em me agradar, entrou no bazar para comprar alguma coisa que me lembrasse minha infância. Esquecera-se de que o bazar inteiro conhecia seu rosto. Nas paredes ainda havia velhos cartazes da época em que me raptara. Antes que pudesse escapar, a polícia chegou.

"No tiroteio Rahul Singh foi gravemente ferido. Os outros conseguiram carregá-lo até nosso acampamento na selva, e passei noites e dias cuidando dele. No entanto, sabia que meu marido estava morrendo. Nunca mais Rahul Singh abriu os olhos, nem mesmo para se despedir de mim.

"Sem chefe o bando não podia se manter. Dividimos nossos pertences, e fui me esconder numa aldeia, aguardando que me prendessem. Minha dor era demasiado grande para sustentar a vida que eu levava dentro de mim. Perdi a criança."

A jovem foi até a janela e durante muito tempo ficou ali postada em silêncio, olhando o rio. "No mês passado mandei uma mensagem para minha mãe. Queria voltar para Shahbag com ela e descobrir quem havia ferido Rahul Singh. Então planejei vingar-me dos homens que mataram meu marido e meu filho que estava por nascer."

---

* *Nim*: árvore tropical (*Azadirachta indica*) da família do mogno cujas sementes são utilizadas como inseticida, também chamada margosa. (N. T.)

Voltou-se e encarou-me. Toda a astúcia desaparecera de seu semblante. Agora havia em seus olhos o desespero de um animal capturado numa armadilha. "Talvez meu marido quisesse que o senhor encontrasse minhas armas. Nunca desejou que eu levasse sua vida, fugindo da polícia. Mas diga-me, sir, por quanto tempo poderei manter nosso segredo?"

"Segredo?"

"Que sou mulher de Rahul Singh. Não vai demorar muito para a polícia descobrir e algum policial ambicioso me acusar de participação nos crimes de meu marido. O senhor pode imaginar o que seria de mim? Trancafiada numa cela? Uma criatura conhecida como cortesã e mulher de bandido?"

Alguém bateu timidamente na porta. A velha senhora entrou, poupando-me à resposta. Parecia bem mais forte, e lágrimas de felicidade brilhavam em seus olhos quando me agradeceu repetidas vezes por tê-la deixado ficar no bangalô.

Tomando a filha pela mão, saiu do escritório. Fiquei olhando-as atravessarem a grama aveludada e viçosa do jardim até o portão, duas figuras vestidas de branco, o braço esguio da jovem sobre os ombros curvados da velha senhora.

Para minha surpresa, não tomaram o caminho que conduz a Rudra. Mas dirigiram-se aos rochedos sobre o rio. Avistava-as ao longe, de pé sob uma árvore, conversando, as cabeças muito próximas uma da outra. De repente a filha abraçou a mãe e se afastou. Esfreguei os olhos, sem conseguir acreditar, e quando olhei novamente vi apenas o vulto solitário da velha senhora apoiando-se na árvore e fitando o rio.

O ruído de um motor se fez ouvir na distância, e ela deslizou lentamente para o chão, debruçando-se a fim de olhar a corrente veloz que fluía abaixo do rochedo. Então me dei conta de que o jipe da polícia estava a caminho do bangalô e fiquei sem saber o que fazer. Observei ansioso a velha senhora, perguntando-me se deveria ir ajudá-la, mas para meu alívio ela se levantou e vagarosamente se pôs a caminho de Rudra.

O barulho do motor se aproximara. Abri o armário, desembrulhei os rifles e alinhei-os no chão, atrás de minha escrivaninha. Depois empilhei os cartuchos perto das armas e sentei-me, à espera da polícia.

Uma corrente tilintou quando o sr. Chagla prendeu sua bicicleta na cerca da pousada. Um instante depois ele entrou em meu escritório, uma expressão pesarosa abatendo-lhe as feições rechonchudas. "Que coisa triste, sir. Simplesmente uma tragédia."

"Pelo menos vamos ouvir o que a polícia tem a dizer, Chagla."

"A polícia! Para que serve a polícia agora, sir?", perguntou, angustiado. "Encontrei nossa hóspede na estrada. Está indo para casa porque sua filha morreu."

"Absurdo, Chagla. Faz apenas meia hora que a filha esteve aqui, em meu escritório."

"Impossível, sir. A velha disse que a filha se afogou quando tentava fugir."

O jipe da polícia freou diante da pousada.

"Deixem um guarda armado nos portões!", gritou o sargento para seus homens, enquanto corria pelo jardim. "Alguém reúna o pessoal e pergunte se viram estranhos nas vizinhanças."

"O que está acontecendo, sir? Por que a polícia..."

"Rápido, Chagla", interrompi-o. "Antes que a polícia entre aqui, diga-me o que a velha senhora lhe falou."

O sr. Chagla percorria o escritório, agitado, indo de uma janela a outra, observando os policiais. "Ela falou que viu a filha se afogar, sir. Com seus próprios olhos. O senhor consegue acreditar numa tragédia dessa? A polícia, sir..."

"A velha disse mais alguma coisa?", insisti.

Ele se voltou para mim, exasperado. "Só disse que estava feliz porque a filha morreu no Narmada e assim se purificaria de todos os seus pecados. Mas por que a polícia..."

De repente o sr. Chagla viu os rifles atrás de minha cadeira. Recuou, perplexo. "O que está fazendo com tantas armas, sir?"

Antes que eu pudesse responder, a porta se escancarou. O inspetor de polícia entrou em meu escritório, chamando por cima do ombro o policial que o acompanhava. "Quero um in-

ventário das armas. Número de série, tipo de cartucho, qualquer indício de que tenham sido roubadas de algum arsenal do
Exército."

O inspetor se muniu de um bloco de anotações e sentou-se,
encarando-me do outro lado da escrivaninha. "Agora, *sahib*,
comece do começo. Diga-me tudo que sabe."

12.

ÀS VEZES, QUANDO ACHO QUE ESTOU ME AFERRANDO demais a meus hábitos, deixo o bangalô e seus arredores e passo um dia na cidade-templo de Mahadeo.

Geralmente chego a Mahadeo à tarde e vou direto aos bazares que se estendem atrás dos templos de pedra a cavaleiro do rio.

Quando eu era burocrata não tinha motivo para ir a um bazar, pois minha mulher se incumbia de abastecer nossa casa, e nas poucas vezes que fazia compras só entrava em lojas com ar-condicionado. Agora, caminhando pelas ruas, observando o prazer no rosto dos fregueses que pechincham e o cinismo dos comerciantes, lembro-me de quanto minha vida era restrita.

Às vezes me perco nessa multiplicidade de lojas, construídas tão próximas umas das outras que parecem um único edifício, com balcões cruzando as brechas estreitas logo acima da cabeça dos transeuntes. A esta hora os comerciantes estão abrindo seus estabelecimentos para o horário noturno, e seus únicos clientes são mulheres de camponeses que procuram braceletes de vidro para as filhas ou regateiam o preço de uma barra de sabão que traz na embalagem o rosto de uma estrela de cinema.

Mas ao anoitecer o bazar assume uma aparência de feira, os moradores de Mahadeo chegando para fazer suas compras. Fileiras de lâmpadas coloridas cintilam nos balcões elevados. Crianças levam à boca nuvens de algodão-doce. Mascates gritam, sacerdotes de cabeça raspada abrem caminho rumo aos templos à beira-rio, donas de casa discutem, mulheres espremem henê molhado para formar desenhos intrincados nas mãos de estudantes risonhas, rapazes entram furtivamente em lojas que vendem bebidas alcoólicas caseiras, peregrinos vestidos de branco se apressam em encerrar suas compras para as orações vespertinas.

Há várias gerações os comerciantes de Mahadeo têm vivido da peregrinação ao Narmada, avaliando a devoção conforme a credulidade. Eu me divirto quando os vejo em suas lojas, sentados de pernas cruzadas à luz de um lampião de querosene, fornecendo aos peregrinos tudo de que precisam e convencendo-os a comprar muita coisa de que não precisam: mais uma caixa de um incenso caríssimo, alguns pedaços extras de tecido cor de açafrão, a mais cara das pedras auspiciosas. E, claro, pelo menos uma dúzia de lamparinas de argila para colocá-las a flutuar no rio?

Meu fascínio com as energias que explodem no interior do bazar sempre me retém e geralmente já é tarde quando chego à escadaria de pedra que se estende por todo o comprimento dos trinta templos apinhados na margem do rio.

Esses degraus baixos, em número de vinte, talvez, levam do átrio dos templos às águas do rio e, como o bazar, encerram um mundo de atividade humana. Mendigos e homens santos. Sacerdotes ensinando aos devotos como fazer suas reverências ao rio. Horoscopistas e quiromantes. Vendedores apregoando cestas de calêndulas para serem oferecidas aos ídolos ou deuses pintados sobre vidro para serem levados como lembrança. Mulheres que tomaram seu banho ritual e agora secam seus sáris nos degraus de pedra, que ainda conservam o calor do dia. Peregrinos despejando óleo nas lamparinas de argila para lançá-las ao rio.

No alto das escadarias os templos se erguem como uma cidade, os átrios apinhados de famílias que transpõem os arcos de pedra esculpida para fazer suas oferendas aos ídolos, e, quando estas voltam à tona, tocam os sinos dos santuários, levantando os filhos para que batam as matracas. O clangor ainda ressoa na escuridão, e as famílias descem para colocar doces diante dos mendigos e dos santos varões sentados nos degraus.

A diversidade das pessoas constitui para mim uma permanente fonte de interesse, e muitas vezes me ponho a conversar com os peregrinos. Do outro lado do rio as luzes solitárias de meu bangalô brilham como um farol no negror das selvas, convidando-me a voltar e meditar sobre o que aprendi.

Descobri que conversando com estranhos nessa escadaria aprendo novas coisas sobre o rio.

Por exemplo, uma vez estava sentado atrás de uma mulher que examinava os medonhos retratos dos deuses pintados em vidro, dispostos num pano à sua frente, enquanto o vendedor tentava convencê-la a comprar algum.

Eu não via seu rosto, mas apenas os cabelos grossos, presos na nuca esguia, e os dedos elegantes que seguravam os retratos contra a luz. Estava imaginando a beleza de seu rosto quando uma criança a empurrou por trás e o vidro lhe caiu da mão. Ela tirou um dinheiro da bolsa para pagar os cacos. Ainda gritando com a criança, o vendedor enfurecido voltou-se para outro freguês.

A mulher abaixou-se para recolher os cacos antes que cortassem o pé de um transeunte, e resolvi ajudá-la. Ela se virou para me agradecer, e perdi a respiração, atônito com sua feiura, tendo-a imaginado tão linda. Um nariz enorme recurvava-se sobre seu rosto quase masculino e sombreava os lábios finos, perdidos num queixo que se projetava para cima como uma alça.

"As pessoas sempre se espantam quando me veem pela primeira vez", disse ela polidamente, pegando o fragmento de minha mão.

Tive vontade de chorar por minha crueldade. "Não, não. Não foi nada disso. Cortei a mão numa lasca de vidro."

"Deixe-me ver." A mulher segurou minha mão contra a luz, como fizera com os retratos. "Não há corte nenhum."

Em silêncio, continuamos a recolher os cacos. Quando terminamos, colocamos todos num jornal que vinha voando escadaria abaixo. Para minha surpresa ela tirou do jornal um pedaço de vidro e sentou-se no degrau para examiná-lo. Sentei-me a seu lado. Ela me estendeu o fragmento. Vi uma representação grosseira de um torso feminino, os seios pintados em rosa vivo sobre fundo azul-claro.

A desconhecida parecia ignorar a vulgaridade do trabalho.

"Está vendo? É um retrato da mulher de Shiva, a deusa Parvati, que fez todas aquelas grandes penitências até Shiva retribuir seu amor. Não acha natural que um amor tão grande desse origem à música?"

Devo ter ficado perplexo, pois ela disse, timidamente: "Os músicos acreditam que certa manhã, depois de fazer amor com a deusa a noite inteira — e uma noite na vida dos deuses equivale a trinta mil anos no tempo dos homens —, Shiva levantou-se da cama e viu Parvati adormecida. Nunca a tinha visto mais bela. Os seios eram esferas perfeitas, e sobre eles repousava seu braço esguio, as frágeis pulseiras deslocando-se para cima e para baixo ao ritmo de sua respiração. Shiva emocionou-se de tal forma que criou um instrumento para imortalizar a beleza imortal de sua esposa — o primeiro instrumento musical, a vina.

"Veja, as duas esferas que produzem a ressonância da vina são os seios de Parvati. O braço do instrumento é o braço esguio da deusa; os trastos, suas pulseiras de vidro; e a música da vina, a expressão do amor de Shiva."

Examinei o torso pintado, sem encontrar vestígio de beleza. A mulher deve ter compreendido, pois falou: "Talvez só um gênio consiga ver beleza no que parece feio. Meu pai consegue. E chamam-no de gênio".

Ela ficou em silêncio. Mais abaixo dois peregrinos mergulhados no rio escuro até a cintura apanhavam água com as mãos e deixavam-na escorrer por entre seus dedos, salmodiando: "*Om. Om. Om*".*

A desconhecida os apontou. "Toda manhã meu pai recita isso antes de tocar a vina. Primeiro fecha os olhos e respira fundo. Depois, quando penso que seus pulmões vão estourar se

---

* *Om* ou *Aum*: monossílabo sagrado que precede a recitação dos hinos e orações bramânicas. Contém três sons, que representam Brahma ou a criação, Vishnu ou a preservação e Shiva ou a destruição. Numa interpretação paralela, contém três sons e meio, que representam o despertar, os sonhos, o sono profundo e o silêncio. (N. T.)

não exalar o ar, ele entoa *Om*, os olhos cerrados, o corpo imóvel, de modo que só a vibração de sua voz profunda passa por seus lábios.

"Quando eu era criança achava que podia ver as coisas estremecerem na sala com a vibração, porém ao olhar para elas constatava que não tinham se mexido. Às vezes, no entanto, conseguia ouvir a mínima nota de uma corda da vina, um som tão frágil que desaparecia antes de fixá-lo na memória. Então meu pai abria os olhos e dizia:

> *Om é os três mundos.*
> *Om é os três fogos.*
> *Om é os três deuses.*
> *Vishnu, Brahma, Shiva.*"

Ela sorriu para mim, e continuamos ouvindo a salmodia dos peregrinos que se banhavam. De repente a mulher acrescentou: "Parece uma única nota. Mas na verdade são três sons e meio. Consegue ouvi-los?".

Escutei atentamente. Tudo que ouvi foi a nota única emitida pelos banhistas noite adentro.

"Não, escute. Resulta de três ações separadas — quando você abre os lábios, quando solta a respiração, quando fecha os lábios. Experimente."

Ainda constrangido com minha rudeza ao ver seu rosto pela primeira vez, obedientemente abri a boca e arredondei os lábios. Surpreendeu-me a força com que o *Om* me saiu da boca. Ela me ouvia, recitando:

> *O primeiro som de Om é o mundo manifesto.*
> *O som da consciência que desperta.*
> *O som da experiência bruta.*

Eu tinha os lábios fechados e sentia o *Om* vibrando por minhas narinas, enquanto ela recitava:

O segundo som de Om é o mundo imanifesto.
O som da consciência que sonha.
O som da experiência sutil.

Agora eu sentia meus pulmões explodirem, esforçando-me para prolongar a nota, enquanto ela recitava:

O terceiro som de Om é o mundo não manifesto.
O som do sono sem sonhos.
O som da experiência potencial.

Eu não tinha mais fôlego, porém ainda sentia meus lábios vibrarem ao respirar fundo, enquanto ela recitava:

A meia sílaba de Om é silêncio.
O som do mundo imanifesto.
O objetivo final.
A meta incomparável.

Ao me ver ofegante, a mulher riu, e pensei que estava tentando me fazer de bobo para se vingar de minha falta de tato. Aborrecido com a experiência, perguntei: "Por que veio a Mahadeo?".

"Vim em peregrinação."

"Mas não está vestida como peregrino."

"Oh, não se trata de peregrinação religiosa. Isto faz parte de minha educação musical."

"Pensei que os músicos devessem estudar, e não ficar passeando pelos rios."

"A maioria dos músicos desconhece a infelicidade de ter um gênio como professor."

"E você tem absoluta certeza de que seu professor é um gênio?"

"Oh, sim. É o maior tocador de vina do mundo. Nossa casa vive repleta de músicos famosos, que imploram para estudar com meu pai. Mas ele repartiu seu conhecimento apenas duas vezes. Comigo..."

A desconhecida se calou, embrulhou o caco de vidro no jornal e cuidadosamente o colocou na bolsa.

"E com quem mais?", perguntei, incapaz de me conter.

Seus olhos grandes pareceram fundir-se numa escuridão interior quando ela respondeu com tristeza: "Com alguém que é a razão de eu estar aqui".

Intrigado, pedi-lhe que me explicasse o motivo de sua peregrinação.

Ela balançou a cabeça. "Você não entenderia, a não ser que soubesse algumas coisas sobre meu pai."

"Então fale-me sobre ele."

13. A HISTÓRIA DA MUSICISTA

É DIFÍCIL SER FILHA DE UM GÊNIO.

Mesmo quando eu era muito criança, antes de completar três anos, já sabia que meu pai habitava outra esfera, como se tivesse feito um trato com Deus que o levou para além das fronteiras humanas.

Eu me deitava no chão, do lado de fora de sua sala de música, e ninguém me mandava sair dali, pois nunca fiz o menor ruído, enquanto seus dedos se deslocavam pelos trastos da vina, criando formas no ar, toda uma arquitetura de sons que me parecia possível percorrer e rodear, tão sólida que eu acreditava que duraria mil anos.

Quando criança vivia imaginando para onde ia tamanha beleza. Que plateia de espíritos aguardava que os sons se rearranjassem em arcos, abóbadas, balcões, pináculos, cúpulas em que pudessem habitar? Mas não podia perguntar a meu pai. Ele estava sempre rodeado de músicos, cujo aplauso silencioso fluía a sua volta intransponível como águas profundas quando seu gênio o carregava para uma dimensão desconhecida da escada de música que tão meticulosamente estava construindo em sua vina.

Toda vez que tentava me aproximar de meu pai, aquele mar de adulação se fechava como água sobre minha cabeça antes que conseguisse alcançar a figura sorridente que olhava para mim com indiferença, como se eu fosse um cachorrinho vira-lata que acabara indo ter em sua sala. Creio que se pode dizer que ele só era sensível à presença de outras criaturas humanas quando perturbava sua música, de forma que jamais me notou. Contudo, notou meu desespero.

Sabe, desespero é uma emoção, e as emoções eram como cardumes de peixes reluzentes nadando por suas melodias. Ou gases coloridos flutuando através do éter em que residia sua música.

Para espanto de minha casa inteira, quando eu tinha seis anos; meu pai — que nunca aceitara como discípulo nenhum daqueles grandes músicos que lhe imploravam para deixá-los sentar-se a seus pés — estendeu-me a mão, fornecendo-me uma ponte para atravessar o abismo de louvores que nos separava, e se ofereceu para me ensinar música.

Minha primeira aula se prolongou por vários meses. Durante esse período não recebi permissão para tocar nenhum instrumento. Não podia sequer cantar as sete notas da escala: *sa, re, ga, ma, pa, dha, ni*, que vêm a ser dó, ré, mi, fá, sol, lá, si na música ocidental.

Ao anoitecer, quando os pássaros pousavam nas árvores, meu pai me fazia sentar a seu lado.

"Escute", dizia num sussurro, como se estivesse rezando. "Escute o canto dos pássaros. Você percebe os semitons e microtons que jorram de suas gargantas? Se eu estudasse durante dez vidas não conseguiria reproduzir essa despreocupada cascata de sons e... silêncio... Escute com atenção."

Eu tentava imitá-lo, inclinando-me para a frente em minha cadeira. "Ouviu? Ouviu como esse canto terminou numa nota única, quando o pássaro pousou na árvore? Os maiores *ragas* devem terminar assim, deixando no ar as vibrações de uma só nota."

Assentia, entusiasmada, esperando agradá-lo, porém ele não me via. "Sabe por que os pássaros cantam ao amanhecer e no crepúsculo? Por causa da luz cambiante. Seu canto é uma resposta espontânea à beleza do mundo. Isso é realmente música."

Depois me dizia que morreria feliz se conseguisse criar tal música cinco ou dez vezes ao longo de toda uma vida.

"Os homens sao tolos", meu pai falou, quando caminhávamos pelas florestas que se estendiam atrás de nossa casa. "Acham que só os humanos reagem à beleza. Mas um cervo que estiver comendo largará o alimento para ouvir uma música, e a hamadríade* balançará a cabeça de prazer. Escute. Está ouvindo o grito do pavão? É a primeira nota da escala. *Sa*."

Paramos sob as árvores, esperando que os pavões gritassem novamente. Quando gritaram, meu pai os imitou como num eco, e eles ficaram quietos, escutando.

Eu achava que era apenas por prazer que caminhávamos pelos campos que rodeavam nossa casa ou pelas selvas. Não percebi que meu pai estava me ensinando as sete notas da escala tal como os textos clássicos as descrevem.

Ao entardecer, porém, esperávamos os vaqueiros passarem, conduzindo seu gado para suas aldeias, e meu pai dizia: "Você ouviu aquele bezerro chamando pela mãe? É a nota *re*".

Ficávamos olhando minha mãe jogar cascas de legumes para as cabras em nosso quintal. "Está ouvindo as cabras? Se você cantar *ga* três vezes, bem depressa, vai reproduzir o berro da cabra."

Chapinhávamos nos arrozais atrás das garças. "*Ma*, o grito da garça."

À noite: "*Pa*, o canto do rouxinol".

Nas ruas do bazar, acompanhando as carroças: "*Dha*, o relincho do cavalo".

E, quando o circo chegou à cidade, meu pai ficou empolgado com a oportunidade de me ensinar a última nota da escala. "Você consegue ouvir aquele *ni* no barrido do elefante?"

Depois cantou as notas da escala, imitando os animais que havíamos visto — a vaidade do pavão, o pânico de um bezerro perdido, os saltos destrutivos de uma cabra, o voo amplo da garça, o rouxinol aninhando-se numa árvore, um cavalo empinando-se, a força de um elefante raivoso —, até que a natureza das notas se tornou uma segunda natureza para mim. Também cantou os *ragas* nos quais predominava cada nota para que meu ouvido inculto se familiarizasse com todos os *ragas* principais antes de eu segurar um instrumento nas mãos.

* Hamadríade (*Ophiophagus hannak*): grande serpente asiática que também dilata o pescoço, como a naja. (N. T.)

"A arte não existia até Shiva dançar a Criação", disse meu pai, explicando como nasceu a melodia. "A música estava adormecida dentro de um ritmo imóvel — profundo como a água, negro como a escuridão, leve como o ar. Então Shiva vibrou seu tambor. Tudo se pôs a tremer de desejo de existir. Shiva dançou, e o universo entrou em erupção. Os seis grandes *ragas*, os pilares de toda a música, nasceram das expressões do rosto de Shiva, e através de suas vibrações o universo adquiriu existência.

"As melodias desses seis *ragas* sustentam as harmonias das coisas vivas. Quando se fundem, tornam-se a batida do tambor de Shiva, que leva o universo à destruição. Mas são todos masculinos. E a música nunca pode estar quieta, nunca pode deixar de ter desejo. A vida precisa criar mais vida, senão se torna morte. Assim, cada um dos seis *ragas* recebeu seis esposas, seis *raginis* para ensiná-los a amar. Seus filhos são os *putras*, e dessa forma a música vive e se multiplica."

Então meu pai falou que eu devia ver as emoções através das quais *ragas* e *raginis* se comunicavam entre si. "Cada *raga* está relacionado como uma estação específica, uma hora do dia, uma emoção. Mas a emoção é a chave que abre a alma de um *raga*."

Assim, durante um mês fomos todos os dias à academia de dança estudar a dança da Criação, de Shiva. Vi meninas da minha idade esforçando-se para transmitir emoções que não conheciam, mas que vinham a ser os estados de espírito básicos da dança: Alegria, Assombro, Heroísmo, Raiva, Dor, Piedade, Amor, Medo, Tranquilidade.

Às vezes eu ria porque elas não conseguiam colocar suficiente gravidade em seus estados de espírito, e meu pai ficava aborrecido.

"Não trate as artes com tanta leviandade. São dádivas de Shiva para a humanidade. Se decide ser musicista, você faz um pacto com o próprio Shiva. Lembre-se, cada nota que você toca envia nova música para o universo. Nunca poderá tentar reavê-la."

Pensei que meu pai estivesse falando para si mesmo, pois não entendi o que queria dizer. Mas por fim consegui formular a pergunta que sempre estivera em minha cabeça. "E para onde vai toda essa música?"

"Volta para o som que é tão abrangente que é silencioso, o som que chamamos de o segredo do Gandharva Veda."

"Você já o escutou?"

"Não, mas todos os dias, quando toco, fico atento para escutá-lo. Você também deve ficar. Os Vedas dizem que, tocando a vina com o ritmo correto, mantendo intactas suas notas e sua natureza, um homem pode escutar esse som e alcançar a salvação."

Depois meu pai me levou a uma ruazinha de pintores que se estendia de um lado da cidade-templo; queria que eu visse os artistas pulverizando seus pigmentos com pedras. Sempre procurava maneiras de me fazer compreender a ligação entre minha música e o mundo e, enquanto eu espiava por cima do ombro dos artistas, ensinou-me que *ragas* estariam pintando com os potinhos de tintas que colocavam diante do papel — *sa* era preto, *re* fulvo, *ga* dourado, *ma* branco, *pa* amarelo, *dha* anil, *ni* verde.

Aquele retrato de um homem de pele negra que trazia na mão uma espada afiada para cortar as nuvens como um raio era Megh, o *raga* da chuva. Aquele homem com a cabeça envolta em chamas que montava um elefante selvagem para demonstrar o poder do fogo era Deepak, o *raga* do calor. Aquela jovem que se abanava com uma pluma de pavão e bebia de uma taça era Vaulika; a donzela que estava deitada na relva diante de uma cabana com uma guirlanda nas mãos era Desi; a moça que falava com seus cervos enquanto os conduzia para casa ao anoitecer era Todi.

Ao fim de seis meses eu conseguia recitar os estados de espírito que cada *raga* criava, bem como suas estações, e sabia identificá-los nos retratos que via sendo pintados na rua.

No entanto só depois de um ano inteiro meu pai finalmente me deixou colocar a vina sobre os joelhos.

Eu era tão pequena que o instrumento ultrapassava meu corpo de ambos os lados, e minhas pernas cruzadas nem sequer lhe tocavam o braço. Meu pai me ensinou a colocar as duas mãos sobre as cordas sem produzir nenhum som.

"Sempre trate seu instrumento com humildade. Afinal, o que é um *raga*? Cinco notas, sete. Acrescentando alguns meios-tons, talvez doze. É apenas um esqueleto de melodia. E a vina não passa de duas cabaças ligadas por um pedaço de madeira e um punhado de fios. Mas, quando tudo está unido e a partir de tal união você cria uma composição, esta deve falar a linguagem da alma. Sabe, o *raga* tem sua própria alma. Sem sua alma, sua *rasa*, o *raga* não passa de uma coisa morta."

Disse-me que eu tinha de respeitar cada nota musical, a fim de poder lhe dar vida. "Uma vez havia um grande músico que vivia se gabando de tocar melhor que qualquer outro. Um dia as notas da escala se transformaram em sete ninfas e passaram por onde ele estava tocando. De repente uma das ninfas caiu morta. O músico estava tocando seu instrumento com uma violência tal que estrangulou a nota nas cordas. Matou a ninfa com seu orgulho."

Eu me pus a chorar, temendo que meu pai me culpasse pela morte da ninfa. Ele apenas sorriu de minha aflição e continuou sua história. "Enquanto o músico fitava horrorizado a mulher morta que jazia à sua frente, um santo homem passou por ali e pediu que lhe emprestasse o instrumento. E tocou com tamanha suavidade que devolveu a vida à ninfa. É assim que você deve tentar tocar."

E então finalmente meu pai me deixou tirar a escala primária das cordas de minha vina. Durante meia hora ouviu-me tocar atentamente, como se escutasse um grande músico, e depois me interrompeu. "O primeiro som da criação era *Om*. Cada vibração de *Om* criou novos sons que levaram à escala primária. Pense nessas sete notas como o *Om* da música. Se não conseguir tocá-las corretamente, nunca há de conseguir dominar um *raga*."

Eu era apenas uma criança, porém meu pai queria me fazer entender que a música era a matemática através da qual se podia compreender o universo. Dia após dia, mês após mês, toquei o *sa, re, ga, ma, pa, dha, ni* repetidas vezes, uma das mãos percorrendo os trastos para cima e para baixo, até meus dedos sangrarem. Ele ignorava minhas lágrimas e me obrigava a continuar praticando até calejarem-me as pontas dos dedos. E ainda não estava satisfeito com a clareza de minhas notas.

Se minha mãe fosse mais solidária, eu lhe teria pedido que pusesse um fim a minhas aulas de música. Infelizmente ela raras vezes falava comigo. Minha feiura a transtornava. Quando outras crianças olhavam para mim, rindo de minha fealdade, seus olhos se enchiam de lágrimas, porém minha mãe nunca me consolou nem me disse que elas estavam erradas.

Envergonhada com as lágrimas de minha mãe, eu me escondia no banheiro e me examinava no espelho para verificar se meu rosto perdera um pouco de seu aspecto grosseiro. Toda vez que olhava via apenas duas feições: este nariz, que crescia como se quisesse unir-se a este queixo, que se voltava para cima como o queixo de um lutador, incitando o adversário ao ataque.

Meu pai não tomava conhecimento de minha feiura. Depois de ouvir meus exercícios na vina ele tocava, ensinando-me as escalas que formavam os *ragas*. Durante dois anos tudo que aprendi foram esses esqueletos de melodia. Meu pai tocava algumas notas e me perguntava o que era. Quando eu identificava o *raga*, ele recitava um aforismo sagrado específico.

"Uma deusa preside cada *raga*. Se você realmente meditar sobre o sagrado ensinamento de um *raga*, sua deusa lhe concederá o domínio sobre suas melodias."

Eu o fitava, ressentida, odiando seu nariz e seu queixo, que se repetiam em meu rosto com um exagero tão cruel. Embora não fosse um homem bonito, ele pelo menos tinha os traços proporcionais ao rosto, ao qual sua expressão naturalmente austera conferia distinção. Queria que me desse um aforismo sagrado, uma deusa que me concedesse a beleza.

Talvez tenha sido injusta com meu pai. Através da música ele tentava me libertar de minha própria imagem para que eu pudesse amar a beleza onde a encontrasse, ainda que não fosse em meu espelho.

Então, um dia, quando eu estava com onze anos, meu pai me deu o retrato de um homem de cabelos emaranhados com cobras cingindo-lhe a testa por sobre seus três olhos.

"Este é o *raga* que você vai aprender. O Bhairav. Bhairav é outro nome de Shiva e significa 'O Fogo do Tempo'."

Minha mão tremia enquanto eu segurava o retrato do deus, o corpo coberto de cinzas, um tambor e um tridente nas mãos. Fazia já cinco anos que estudava com meu pai. Finalmente ele me achou capacitada a começar a executar um *raga*.

Nesse exato momento minha mãe se sentou do lado de fora da sala de música, como um carcereiro à espera de um preso. Não me considerava talentosa o bastante para tranquilizá-la em relação a meu futuro. Vivera tanto tempo com um gênio que sabia reconhecê-lo, assim como um quitandeiro do bazar sabe distinguir uma excelente manga de outra apenas boa, ainda que não as tenha cultivado; e acreditava que tão somente um marido podia proteger uma mulher desprovida de gênio num mundo cruel feito para os homens.

Quando terminava minha aula de música, ela me obrigava a tomar chá com suas amigas e os filhos destas. Eu percebia que os rapazes recuavam diante de minha fealdade, porém a resolução de minha mãe de me ver casada e segura só se fortalecia, à medida que os chás continuavam, por semanas e semanas, sem que ninguém pedisse minha mão.

Como posso descrever minha angústia nos anos seguintes, eu lutando para agradar meu pai na sala de música e depois consolando minha mãe de minha feiura.

De um lado estava o convite de meu pai para vagar livremente nos campos da música, onde até uma criança como eu podia mergulhar em coxins de melodia, percorrer pontes de notas, balançar na extensão das cordas da vina, entretecer guirlandas com notas de várias cores para colocá-las diante das deusas dos *ragas*. Mas fora da sala eu via o rosto de minha mãe vincado de preocupação, minha fealdade refletida em seus olhos.

Por essa época meu corpo começava a mostrar sua maturidade, mudanças que eu não podia ignorar, quando mais não fosse porque a vina pesava muito contra meus seios em botão. Com essas mudanças em meu físico, ocorreu uma mudança em meu estado emocional. Meus sentidos captavam todas as coisas com enorme intensidade. Eu já não nadava com a liberdade de um delfim pelas cavernas da música de meu pai. Preocupava-me demais com minha feiura e com o desespero de minha mãe, meu futuro incerto assomando diante de mim tão misterioso quanto as mudanças de meu corpo.

De repente meu pai decidiu que não queria mais me ensinar. "Você faz música demais. Um *raga* não se compõe de notas. Compõe-se do silêncio entre as notas."

No passado chorei abertamente ao ouvir as palavras de meu pai. Agora baixei os olhos para que ele não visse minha grande vergonha. Minha dor atraiu sua atenção. Ou talvez tenha sido meu silêncio que o fez ceder.

"Vou continuar lhe dando aulas. Mas com uma condição. Dizem que a maior coisa que um homem pode dar é uma filha em casamento. Se insiste em estudar comigo, você deve se preparar para ser uma noiva."

Parecia-me que não conseguiria fugir ao espectro do casamento. Sabendo que nenhum homem haveria de me querer, roguei-lhe que prosseguisse com minha educação musical.

"Pense bem antes de dizer sim", meu pai advertiu-me. "Lembre-se, se eu lhe ensinar as *raginis*, estarei dando-a como esposa a meus deuses, os deuses da música. Não se pode romper esse contrato. Será um casamento selado pelo próprio Shiva."

Humildemente lhe garanti que compreendia, e meu pai continuou me educando para a música.

Suas aulas agora me transportavam para um universo mais alto.

Meu pai trocou minha vina pelo sitar, mais maleável, ouvindo nesse instrumento mais suave meu anelo de beleza, enquanto me ensinava os ornamentos melódicos que distinguem o grande músico do aprendiz.

"Imagine um *raga* como o leito de um rio. Os ornamentos melódicos são a água do rio. Está escrito no *Ragavivodha* que um *raga* sem ornamentos é como uma noite sem lua, um rio sem água, uma trepadeira sem flores, uma mulher sem roupas."

Ele me ensinou as sutilezas da ternura, a curvar-me ante a gravidade, a abrandar a raiva, a seduzir e suspirar e acariciar através de minha música.

"Você deve se imaginar como água correndo sobre pedra, moldando-a com o toque implacável de seu amor. Imagine-se como seda, que disfarça sua força em maciez. O poder de seu desejo, o calor de seu anseio devem quebrar a rigidez do *raga*."

Minha sensibilidade tornou-se tão refinada sob a orientação de meu pai que, quando ele recitava para mim as contemplações de diferentes *raginis*, eu as visualizava de imediato.

"Aqui está a contemplação para Lilavati. Ela tem dezesseis primaveras, usa cordões de pérolas, traz um lótus e fala de amor a suas confidentes enquanto espera o amado.

"A rítmica Madhu-madhavi tem uma pele dourada e uma beleza incomparável. Está com seu amado num balanço, rindo, e é primavera.

"A anelante Shyam-Gujari está de pé num jardim enluarado, contando a um pavão o quanto deseja seu amado.

"Esta é a contemplação de Bhairavi. A hora marcada para seu encontro passou, e seu amado não apareceu. Ela tira as joias e as flores de seus cabelos. Cobre o corpo de cinzas, chorando a perda do amado.

"Aqui está a contemplação de Barari. Suas vestes são brancas, seus cabelos como as nuvens das monções, sua cintura delgada, seu umbigo profundo como um lago, seu perfume doce como o do lótus. Borboletas a seguem, enquanto ela corre para o amado."

Imagine o que meus estudos fizeram comigo, uma adolescente que sabia que o estigma de sua feiura não deixaria nenhum homem desejá-la e que não obstante só aprendia a expressar desejo.

Contudo não posso dizer que era infeliz. Já havia vivenciado um milagre quando meu pai se encarregara de minha educação musical. Agora acontecia o segundo milagre.

Entardecia, era a hora em que meu pai tocava para os deuses. Nenhum de nós podia perturbá-lo, mas às vezes eu passava perto da sala para escutá-lo.

Naquele dia parei e olhei para dentro da sala de música, pois nunca o tinha ouvido tocar daquele jeito. Para minha surpresa, vi um jovem sentado ao pé do estrado de meu pai, tocando a vina. Estava vestido como um suplicante, descalço, o torso nu coberto apenas pelo instrumento que se apoiava em seu ombro. Contemplei, admirada, seus olhos oblíquos, os cabelos negros que lhe chegavam até a linha firme do pescoço, o braço enrijecido e os dedos percorrendo os trastes de seu instrumento. Ele era tão belo que fechei os olhos diante de seu poder, pensando que o imaginara em meu longo aprendizado do desejo. Quando abri os olhos, ainda o vi, e foi como se dez mil abelhas me tivessem picado o coração ao mesmo tempo.

Não sei quanto tempo me demorei ali, mas por fim o jovem depositou seu instrumento aos pés de meu pai.

"O senhor me aceita como seu aluno?", perguntou humildemente.

Meu pai não se deu ao trabalho de esconder sua impaciência. "Todo mundo sabe que nunca aceitei um aluno, com exceção de minha filha."

"Então deixe-me morar aqui, para poder ouvi-lo tocar. Servirei sua comida ou aquecerei a água para seu banho. Farei os trabalhos mais degradantes, se me permitir ficar perto do senhor."

"Está mesmo disposto a fazer qualquer coisa para que eu lhe ensine música?"

"Quanto mais rigorosos forem seus termos, mais feliz serei por aceitá-los."

"A música não está associada ao sofrimento. Você não será melhor músico se sofrer mais que outros homens."

"Diga-me o que exige de mim, e o farei."

"Se eu lhe ensinar, você se casará com minha filha?"

"É só isso? De bom grado."

Meu pai ergueu a mão e me fez um sinal para entrar na

sala; então o estranho se voltou. Vi o choque em seu rosto, como se ele não conseguisse acreditar que aquele músico extraordinário havia gerado tamanha fealdade.

Nesse momento desejei a morte de meu pai. Ele não percebeu o espanto do jovem, mas não se importaria se o percebesse. O gênio se situa num ângulo estranho ao mundo dos humanos e não se dá conta da própria crueldade.

E que requinte de crueldade! Dia após dia minha feiura se confrontava com a beleza do forasteiro, durante nossas aulas de música.

Encerrada em meu ódio por meu pai, eu não conseguia colocar em meu instrumento aquele anseio que tão bem transmitia quando ninguém estava presente.

Minha execução canhestra tornava mais inexorável a música do estranho, de modo que as notas de seu *raga* possuíam uma dureza de ferro que impossibilitava a aproximação.

Meu pai se enfurecia com sua insensibilidade. "Os *ragas* são a arquitetura da emoção. Você não sabe o que é fraqueza, ou medo? É tão burro?"

Eu chorava por dentro, vendo aquele belo jovem sofrer com as críticas severas do mestre. Contudo, meu pai era implacável. "Qualquer pedante pode aprender a melodia de um *raga*. É só uma questão de exercício. A música vai além da técnica. O *Boddhisattva* quebrava todas as cordas da vina, uma a uma, e no entanto o *raga* prosseguia, vibrando nas águas da emoção humana."

O estranho ainda desconhecia seu próprio gênio, sabia apenas de seu talento e de suas ambições, e meu pai destruía essa ambição com impiedosa habilidade.

"Você tem gostos vulgares demais para tocar os grandes *ragas*. Contenta-se em criar o mero prazer. Seu último professor não lhe ensinou os Upanishads?"

> *O melhor é uma coisa, o agradável é outra.*
> *Ambas podem cativar um homem.*
> *Porém o sábio prefere o melhor ao agradável.*

Então meu pai se voltava para mim, sua fúria ante minha incompetência tão grande quanto sua raiva ante a falta de imaginação do estranho.

"Quais são as duas emoções que governam os dois sexos em toda a música?"

"O heroico para o homem. O erótico para a mulher", eu murmurava, temendo atrair para meu rosto os olhos do estranho.

Meu pai erguia as mãos como se rogasse aos deuses. "O que posso fazer com esses blocos de barro? Por fora parecem um homem e uma mulher. Por que não têm vida?"

Ficamos noivos, seus dois alunos. E contudo nunca falávamos um com o outro, a não ser para nos cumprimentar e nos despedir afetadamente.

Meu pai falava por nós, incitando-nos a ser mais do que éramos, não permitindo que escondêssemos dele ou de cada um de nós nossa vergonha.

Uma vez, novamente insatisfeito com a maneira como o discípulo estava tocando, o mestre tirou-lhe a vina do ombro. "Sabe o que é este instrumento? Veja a curva do braço. Seus seios, seu braço esguio. Esta é a expressão do amor de Shiva. Não consegue imaginar uma mulher? Ou o amor?"

Dia após dia, aula após aula, ele nos humilhava, obrigando-nos a compreender o que significava ser um homem e uma mulher.

Entretanto, o que mais aprendemos com ele naqueles anos foi a felicidade do silêncio, quando não estávamos nem nos esforçando para agradá-lo com nossos instrumentos nem ouvindo sua voz que asperamente nos lembrava de nossos erros.

Com o passar dos meses, sua fúria nos transformou em conspiradores. Como temíamos que sua raiva com um aluno recaísse sobre o outro, passamos a nos ajudar mutuamente, cada um de nós tentando prever os erros do outro antes que fossem cometidos, conscientizando-nos cada vez mais dos estados de espírito do outro.

Agora me lembrava dos ensinamentos de meu pai, enquanto tentava ser a água do rio no *raga* do estranho, o luar de sua noite. E, quando pensava na maneira como meu pai havia dito que um *raga* sem a cascata de ornamentos melódicos era como uma mulher sem roupas, tentava ensinar ao belo jovem o que uma mulher sentia, implorava sua atenção, prolongando as notas que tirava das cordas de meu sitar para fazê-lo ouvir minha dor.

De repente, era como se eu tivesse ganhado uma voz para contar-lhe como sofria com minha fealdade, com o remorso de vê-lo comprometido por meu pai naquele acordo injusto de casamento.

Não sei onde aprendi tal duplicidade, ou se sempre a abriguei em minha alma. O fato é que comecei a seduzir o estranho com minha fraqueza, e ele se tornou heroico em sua música para me defender do desprezo de nosso mestre.

Tal como a seda disfarça a própria força em maciez, como a água corrói a natureza implacável da pedra, como a carne envolve o aço, abracei a música da vina do forasteiro e através das cordas de meu sitar disse-lhe que me atrevia a amar sua beleza. Lentamente, oh, muito lentamente, sua música começou a responder ao apelo da minha, até não termos mais consciência da presença de meu pai na sala; ouvíamos apenas a súplica de minha *ragini* para ser a esposa de seu *raga* senhoril, os silêncios entre nossas notas eletrizando-se de desejo.

Às vezes eu via os olhos do estranho se deterem em alguma parte de meu corpo que as roupas deixaram expostas e não me apressava em cobri-la, fingindo não perceber que sua atenção se desviara de minha música. Até comecei a acalentar a esperança de não ser tão repulsiva como sempre pensei que fosse. Sabe, éramos jovens, éramos um homem e uma mulher e não podíamos passar os dias no constante diálogo do desejo sem acabar vencidos por ele.

Contudo, minha mãe se impacientava em relação a nosso casamento. O estranho tinha então vinte e um anos, e eu, dezoito. Todos os dias ela exigia que meu pai marcasse a data do casamento, e meu pai hesitava. Eu nunca o vira indeciso em toda a sua vida. Não conseguia entender por que vivia adiando o casamento que ele próprio exigira de seu discípulo.

Finalmente, disse para minha mãe: "Eles vão tocar juntos na noite de Shiva. Depois definiremos a data".

Naquele ano, como sempre acontecia na noite de Shiva, nossa casa estava cheia de músicos. A noite inteira os músicos tocaram, um após outro ou às vezes juntos, esperando o momento em que meu pai tomasse sua vina e louvasse os deuses com seu gênio.

Todavia, nesse ano meu pai disse aos músicos reunidos que seus alunos tocariam para eles. Depois me convidou a subir ao estrado.

Era hora de tocar o *Bhairav*, o *raga* de Shiva, quando a escuridão se esvaece no amanhecer. O estranho tocou o movimento inicial do *raga*. Meu pai balançou a cabeça, num gesto de aprovação, ao ouvir seu discípulo revelar lentamente a divindade do *raga*, esculpindo numa grande pedra um templo de música no ar. Compreendi os sermões de meu pai contra o que é apenas agradável na música à medida que nos era mostrada a magnificência do *raga*, o qual se tornava ainda mais solene, mais monumental, mais inexorável, como se personificasse seu nome, o Fogo do Tempo.

E agora eu perturbava sua grandiosa solitude com o sacrifício de Parvati convidando Shiva a abandonar o ascetismo, pedindo-lhe que a amasse. E, assim, tocamos juntos, enquanto a escuridão se transformava em sombra filigranada, e ainda tocávamos quando se fez luz na sala, e ainda tocávamos quando o sol mostrou seu poder, até que, exaustos com a consumação de nossa música, terminamos juntos numa única nota, como se confiássemos nossa música ao silêncio que a seguiu.

Quando já não ouvia a última nota vibrando no ar, meu pai se levantou. "Hoje dei à música minha filha em casamento. Cumpri meus deveres paternos. Agora libero este jovem de nosso acordo. Mas, se ele ainda deseja se casar com minha filha, a cerimônia pode se realizar quando minha esposa quiser."

O forasteiro sorriu para mim, enquanto minha mãe coloca-

va-lhe uma guirlanda de flores no pescoço. Não me atrevi a fitá-
-lo, pois temia que minha alegria transbordasse, inundando-me
os olhos.

E, assim, o estranho deixou nossa casa e voltou para sua
família, enquanto minha mãe tratava dos preparativos para nosso casamento.

Pela primeira vez eu preferia a companhia de minha mãe à
de meu pai. Fizemos meu enxoval e decoramos os aposentos em
que meu noivo e eu moraríamos como marido e mulher.

Combinamos tudo com o sacerdote e escolhemos uma noite auspiciosa para nossas bodas. Enviamos xales e sáris para os
pais de meu noivo.

Todos os dias minha mãe conjeturava sobre a sucessão dos
acontecimentos. A família do noivo chegaria logo, os convites
vermelhos com letras douradas deviam ser entregues a seus des-
tinatários.

Então finalmente a família de meu noivo nos mandou um
mensageiro.

Minha mãe e eu nos escondemos do lado de fora da sala de
música, cochichando empolgadas ao ver o mensageiro desem-
brulhar presentes junto ao estrado de meu pai.

Olhei para os xales que se empilhavam aos pés de meu pai e
os reconheci como aqueles que tínhamos enviado para a família
de meu noivo, porém só entendi o que estava acontecendo quando
ouvi o mensageiro dizer: "Seu aluno agradece ao senhor por lhe
ter concedido sua liberdade. Ele está noivo de minha filha".

A partir desse instante não toquei meu instrumento nem
entrei na sala de música. A própria música era odiosa a meus
ouvidos.

Então meu pai me trouxe para cá.

Ele diz que preciso meditar sobre as águas do Narmada, o
símbolo da penitência de Shiva, até me curar de meu apego ao

que aconteceu e poder tornar-me novamente a *ragini* de todos os *ragas*.

Diz que devo compreender que sou a noiva da música, não de um músico. No entanto, é uma penitência impossível a que exige de mim, expressar desejo em minha música quando estou morta por dentro.

Acha que isso pode acontecer?

Acha que esse rio possui tal poder?

14.

"**E vocÊ acha que sim?**", Tariq Mia perguntou, fitando placidamente o regato que corria sob a ponte em direção ao Narmada.

Lancei-lhe um olhar incrédulo. "Claro que não. A beleza do Narmada faz dele um refúgio ideal para quem, como eu, quer se retirar do mundo. Mas como o rio pode exorcizar um mal de amor?"

Eu estava sentado na varanda de Tariq Mia, desfrutando aqueles últimos dias de bom tempo antes que o verão nos sufocasse, contando-lhe sobre a mulher que conhecera em Mahadeo.

Rolos de fumaça branca partiam das casas da aldeia atrás de nós e, flutuando, dirigiam-se ao rio; esquilos subiam e desciam pela plataforma de mármore que conduzia ao túmulo de Amir Rumi. Acima da mesquita, as flores púrpuras de um jacarandá balançavam suavemente contra o azul luminoso de um céu em fins de abril.

Era uma manhã tão gloriosa que não conseguia entender por que de repente me via dominado por uma sensação de — como descrever isso? — vagar sem rumo pela estranheza das vidas de outras pessoas, mas parece que não fui capaz de evitar que meu relato se transformasse em queixa.

Fitei o tabuleiro de xadrez, ocioso, entre mim e Tariq Mia.

"Acho que toda essa emoção me assusta", concluí, desajeitado. "Noivados rompidos, amor não correspondido, aquele pobre músico. Isso tudo me choca, parece indigno."

"Você ainda sabe tão pouco do mundo", o velho *mullah* comentou, os olhos no regato. "Mas escolheu um caminho difícil para chegar ao conhecimento, irmãozinho. Coisas de ouvir dizer, não experiência. Espero que sua formação se revele menos dolorosa que a de sua musicista."

"Por que não? Meu pai, um homem muito razoável, já morreu. E pelo menos não tenho medo do espelho."

"O destino anda lhe pregando peças. Não percebe que veio aqui para ganhar o mundo, e não para deixá-lo?"

A presunção do velho sacerdote me irritou. "Conheço muito bem o mundo. Sentado em sua mesquita solitária você só pode ter uma ligeira ideia do poder e da influência que exerci no passado. Ou do respeito que desfrutei."

Tariq Mia riu de minha raiva. "Continuo dizendo que você devia invejar sua musicista, e não lamentá-la. Pense em seu infortúnio. Ouvir falar de amor sem nunca ter se desmanchado no abraço do amor. Reconhecer a beleza com os olhos e nunca levar sua imagem na alma. Cante comigo, se tiver coragem:

> *Ó Amado, não vês*
> *Que tão somente o Amor me desfigura?"*

Detesto quando Tariq Mia está com esse tipo de disposição; pus-me a examinar a peça de xadrez que tinha na mão, perguntando-me por que andava tanto todas as manhãs só para ouvir sua voz trêmula de velho cantar canções de amor impróprias para sua idade. Minha irritação apenas alimentou a malícia do *mullah*.

"Durante anos você vem admirando o Narmada como se o rio fosse uma mulher. Mas o que toda a sua adoração lhe ensinou? Nem sequer a capacidade de cantar. Mostre-me que estou errado, cante comigo:

> *Florestas carregadas de jasmins silvestres*
> *Envolvem-te com sua fragrância."*

Coloquei de lado o tabuleiro de xadrez e levantei-me. "Não sou criança. Faça esse tipo de brincadeira com seus alunos."

Tariq Mia ergueu uma mão encarquilhada a fim de me

deter. "Sente-se, irmãozinho. Não me entregue já a meus alunos. Os jovens pensam que compreendem o mundo. Minhas brincadeiras são para homens mais velhos."

Envergonhado com minha demonstração de mau humor, eu ia me sentar de novo quando mais uma vez ele me exasperou com sua cantoria:

> *Ó rio, nascido da penitência*
> *Nomeado pelo riso,*
> *Florestas carregadas de jasmins silvestres...*

Então percebi o objetivo de sua brincadeira.

"Essa é uma canção sobre o Narmada!", interrompi-o. "Nunca ouvi você cantá-la. Onde a aprendeu?"

Tariq Mia riu, contente por me surpreender. "Com os menestréis que cantam para os ascetas que meditam nas margens do rio."

"Você os ouve com frequência?", perguntei, invejoso, ao mesmo tempo que me sentava. "Eu gostaria de ouvi-los. Pode conseguir isso?"

"Ah, faz anos que não vejo Naga Baba. Ele já deve ter morrido."

"Naga Baba é um menestrel?"

"Não, não. Ele pertence aos ascetas marciais, aqueles que são chamados de *Naga sadhus*, os Protetores. Mas foi de seus lábios que ouvi pela primeira vez a invocação ao Narmada."

Desconfiando que se tratava de mais uma brincadeira do velho *mullah*, compreensível apenas para ele mesmo, perguntei: "Como você conheceu um asceta marcial?".

"Por acaso. Pouco depois que me tornei sacerdote." Tariq Mia reclinou-se em sua almofada e se pôs a cofiar a barba rala, as lembranças suavizando a expressão de seus olhos penetrantes.

"Imagine-me em minha juventude, irmãozinho. Naquela época eu levava meus livros até a beira do rio e procurava a sombra de uma teca ou de um bambual. Depois, tendo-me assegurado de que ninguém poderia me ouvir, punha-me a cantar os poemas dos sufis. Por alguma razão, sempre que me encontrava junto ao Narmada, meus textos se tornavam mais claros para mim, e eu caminhava por toda a margem do rio buscando solidão para prosseguir em meus estudos.

"Um dia, perambulava pela encosta quando ouvi uma voz profunda cantando ao longe. Andei em sua direção e cheguei às cascatas, onde, no entanto, não avistei ninguém. Olhei em toda a volta, até no topo das árvores, e não vi ninguém; sem embargo, ouvia claramente as palavras que partiam das cascatas:

> *Gota a gota transparente,*
> *Cada uma levando o peso de nossos pecados separados,*
> *Corres para as marés crescentes do oceano,*
> *Ó sagrado Narmada.*

"Eu olhava para as pedras diante de mim, sem conseguir entender como a voz podia sair da cascata, quando outra voz, tão aguda que devia ser de mulher ou de criança, transpôs o rio:

> *Mensageiro do Tempo Fugaz,*
> *Refúgio e Salvação,*
> *Tu dissolves o medo do próprio tempo,*
> *Ó sagrado Narmada.*

"Incapaz de vencer a curiosidade, tirei os sapatos e desci pelas pedras até me encontrar bem em frente à cachoeira. Agora estava suficientemente perto para constatar que aquelas vozes não pertenciam a nenhuma criatura sobrenatural. Através da cortina de água avistei dois vultos sentados no interior de uma caverna, atrás da cascata, inteiramente secos, enquanto eu me encharcava com os borrifos.

"Uma criança de sete ou oito anos, com um vestido de algodão rasgado, voltava-se para um homem nu, de longos cabelos emaranhados, que recitava:

Tartarugas e delfins fluviais encontram refúgio em tuas águas.
Garças pousam e brincam em tua superfície tranquila.
Peixes e crocodilos se reúnem em teu abraço.
Ó sagrado Narmada.

"Enquanto a criança repetia os versos, o asceta virava o rosto na direção da queda-d'água. Foi assim que me viu.

"'Como se atreve a nos perturbar?', gritou, afastando do rosto os cabelos desgrenhados. 'O que você quer? Quem é você?'

"Atravessei a cascata, chapinhando, a fim de me apresentar, embora soubesse que aqueles ascetas *nagas* eram famosos pelo mau humor. A criança correu a esconder-se nos recessos da caverna. 'Ninguém. Apenas o *mullah* de uma mesquita de vilarejo.'

"'Você a assustou! Agora não vou conseguir ensinar nada para ela no resto do dia!'

"Fiquei ali de pé, pingando água nas pedras do chão, sem saber muito bem o que dizer, até que ele perguntou educadamente: 'Viu algum gado quando vinha para cá?'.

"Sua pergunta me deixou tão perplexo que apenas balancei a cabeça, silenciosamente, dizendo que sim.

"'Onde? Onde?'

"'Na colina', gaguejei, assustado com o tom ameaçador de sua voz. 'Vi umas vacas na colina.'

"'Venha cá', o asceta chamou a menina. 'Não tenha medo. Vá buscar um pouco de esterco.'

"A criança timidamente saiu de seu canto escuro, carregando uma cesta de vime e um monte de folhas. O asceta tirou as folhas de suas mãozinhas, uma a uma, e forrou a cesta.

"Eu estava fascinado com a cinza que caía de seu estômago, numa poeira fina, toda vez que ele se mexia. Nunca tinha estado tão perto de um asceta de Shiva. Seu corpo era magro, porém a barriga lhe caía sobre as pernas cruzadas de tal modo que não pude ver se estava completamente nu ou se usava uma tanga. A seu lado jazia uma caveira humana, suja de fumaça e aberta no topo, e creio que teria me assustado se ela não tivesse no nariz um par de óculos sem aro. Era tão absurda que por pouco não caí na gargalhada.

"Segurando a cesta na cabeça com ambas as mãos, a menina passou por uma brecha da cascata na borda da caverna. Depois que ela se foi, o asceta perguntou: 'O que você quer de mim, *mullah*?'.

"'Nada. Por favor, perdoe minha intrusão. Preciso voltar para minha aldeia.'

"'Você vai ficar até a criança voltar.'

"Não querendo irritá-lo ainda mais, respondi: 'Oh, naturalmente. Com certeza. Como lhe convier'. O asceta fechou os olhos, e eu me sentei ali, vendo-o respirar. Quando ele abriu os olhos de novo, perguntei timidamente: 'O que estava ensinando para a menina?'.

"'O poema de Shankarcharya para o Narmada.'

"Para minha surpresa, o asceta se pôs a recitar a invocação em sânscrito. Sem entender as palavras, eu só podia ouvir as cadências de sua recitação e imaginava ouvir o rio correndo nos ritmos do poema.

"Depois ele gentilmente me explicou a invocação. A elegância de sua tradução me levou a perguntar-me o que aquele homem teria sido antes de se tornar asceta — um acadêmico, talvez, ou até um cientista, já que dominava os termos de botânica dos quais se servia para descrever as plantas mencionadas no velho poema."

Tariq Mia fez uma pausa, faltando-lhe o fôlego depois de seu longo relato. Só o canto de um pássaro anunciando chuva quebrava o silêncio da manhã, até que um jovem estudante de longa túnica branca e pijama entrou na varanda para timidamente perguntar se precisávamos de alguma coisa.

O velho *mullah* pediu chá quente e em seguida voltou-se para mim. "Então, irmãozinho. Foi assim que ouvi pela primeira vez a canção do Narmada."

"Você tornou a ver a menina?"

"Oh, sim. Conversei muito tempo com o Naga Baba até a

menina voltar. Nunca vou esquecer o medo estampado em seus olhos quando me viu ainda sentado atrás da cachoeira."

"Por que ela estava com tanto medo de você?"

"Quer mesmo saber?" As sobrancelhas brancas de Tariq Mia se ergueram por sobre seus olhos penetrantes e seu nariz adunco, fazendo-o parecer por um momento uma velha ave de rapina.

Ri, embaraçado com minhas reclamações anteriores. Esperamos em silêncio que o estudante enchesse nossas xícaras de chá quente. Quando ele deixou a varanda, o *mullah* começou sua história.

15. A HISTÓRIA DO MENESTREL

APROXIMAVAM-SE OS NOVE DIAS que precedem a noite de Shiva, e o Naga Baba se preparou para deixar a selva e sair em busca de um campo crematório.

Desmontou a estrutura de folhas na qual vivera durante um ano e colocou as folhas e as quatro varas entre as raízes de uma árvore para algum mendicante que passasse por ali construir um abrigo. Depois pegou seu tridente de ferro envolto num tecido cor de açafrão, seu bastão de sândalo, sua caveira-cuia e iniciou sua caminhada rumo à cidade mais próxima.

Hoje sabia que teria de andar apenas uns cinquenta quilômetros para encontrar um campo crematório. Contudo, nos primeiros anos de seu ascetismo, às vezes precisava caminhar mais de trezentos quilômetros até deparar com um ser humano.

Naquela época estava sempre exausto, sem saber que raízes e frutas devia procurar na selva, ou que plantas podiam eliminar a sede e a fome, ou que exercícios de ioga retardavam o metabolismo e assim permitiam suportar os extremos do calor e do frio.

Agora o Naga Baba era capaz de concentrar-se em suas meditações por maior que fosse o desconforto físico, de modo que não se dava conta da distância percorrida nem do calor da estrada sob seus pés descalços.

Ao caminhar pensava nas severas provações pelas quais passara até chegar a seu presente estágio.

Lembrava-se de quando seu mestre o levara aos passos mais altos do Himalaia e o deixara num pequeno templo de pedra aberto na rocha da montanha.

"Se você ainda estiver vivo depois do inverno", disse-lhe o mestre, "voltarei para buscá-lo."

O Naga Baba ainda não conseguia pensar naquele inverno — as alucinações provocadas por suas solitárias contemplações da morte; as nevascas e o alimento minguado que ele comia cru porque não havia lenha para acender uma fogueira. Os roedores morrendo à sua frente, enquanto meditava, os corpos enrijecidos pelo frio.

Mas finalmente a neve derreteu. O Naga Baba exultou ao ver seu mestre parado à porta do templo, acreditando que terminara a pior de suas provações.

Não sabia que seu mestre o faria atravessar a Índia numa viagem tão longa que, quando chegaram às dunas de areia e às plantas do deserto, o Naga Baba havia esquecido como era a neve.

“Você não pode ser um *naga* se não superar as limitações humanas”, seu mestre falou, deixando-o novamente. “Aprenda a sobreviver sem água. Se o encontrar aqui quando voltar, eu o levarei para nossa academia.”

Agora a perspectiva de passar nove dias sentado num campo crematório sem comida nem água não o assustava como no passado. Entretanto, percebia o medo no rosto das pessoas que passavam para o outro lado da estrada a fim de evitá-lo. Sabia que sua pele escurecida pelas cinzas que sobre ela aplicava diariamente, seus cabelos emaranhados caindo-lhe em nós até a cintura, a caveira na qual comia e bebia constituíam para as pessoas comuns terríveis lembretes da morte. Sabia também que os outros lhe atribuíam poderes sobre-humanos, a capacidade de levitar e de lançar maldições irrevogáveis sobre qualquer um que lhe desagradasse.

Ao pensar no medo das pessoas, o Naga Baba sorria e continuava caminhando na direção da pira funerária que ainda fumegava nas margens de um riacho.

“*Jai Shankar!* Louvado seja Shiva!”, um homem gritou. Era o *dom* que cuidava das piras funerárias e tinha de morar no campo crematório por ser considerado impuro.

O Naga Baba desamarrou uma ponta do pano cor de açafrão que envolvia o tridente e pegou um punhado de cinzas para espalhar na testa do *dom*, abençoando-o. Para as pessoas comuns, a simples sombra daquele homem constituía um mau agouro, mas para o Naga Baba o *dom* era um espírito irmão, que encarava a morte diariamente, como ele em suas meditações.

Então o Naga Baba eliminava qualquer distração de sua mente e se preparava para meditar sobre o Deus da Morte.

Descia para banhar-se no riacho. Com a água ainda pingando do corpo, sentava-se junto a uma pira funerária onde acabara de realizar-se uma cremação. O cheiro de lenha ardendo e o odor acre de carne queimada ainda eram intensos na noite de verão quando ele retirou da pira alguns punhados de madeira carbonizada e amassou-os entre os dedos, jogando fora fragmentos de osso e carne antes de espalhar as cinzas pelos cabelos e pelo corpo no banho ascético que aumentaria o poder de suas meditações.

Cruzando as pernas na posição de lótus, colocou as mãos sobre os joelhos e deu início à cantilena que se estenderia junto àquela pira funerária por nove dias e nove noites:

> *Shiva-o-ham*
> *Eu que sou Shiva*
> *Shiva-o-ham*
> *Shiva sou eu.*

Durante esse período as pessoas iam vê-lo. Mas somente de dia e à distância. Poucas dessas pessoas sabiam que o tridente envolto no pano cor de açafrão constituía um indício de que o asceta pertencia a uma das grandes academias *nagas* famosas pelas guerras que travaram para defender sua fé. Elas diziam aos filhos que não o perturbassem e aos cochichos falavam entre si sobre a época do Motim Indiano, em que vinte mil ascetas *nagas*, nus, cobertos de cinzas e desgrenhados, desceram de suas cavernas no Himalaia para lutar contra os ingleses ávidos de poder.

Mas à noite, quando a lua minguava e depois não emitia mais luz, ninguém tinha coragem de aproximar-se do campo crematório onde o Naga Baba estava cantando junto à pira funerária.

Então chegou finalmente a noite de Shiva.

Nessa noite o Senhor da Morte se tornava a morte da morte, e os acólitos de Shiva quebravam o jejum mendigando nas casas dos impuros, intocáveis ou profanos.

Depois de espalhar pelo corpo cinzas da pira, o Naga Baba ia primeiramente à casa do *dom*. Todos os anos realizava esse ritual, e todos os anos ouvia a ladainha das crueldades impostas àqueles que a sociedade considerava intocáveis. Esta noite não foi diferente. Enquanto despejava água na cuia do Naga Baba, o *dom* queixou-se amargamente de sua condição de pária, o que não impediu o outro de saciar a sede.

Enxugando a boca, o visitante perguntou: "Pode me explicar o caminho que leva ao lugar onde mora a casta mais humilde?".

"Quando passar dos mangueirais, vai encontrar uma colônia de varredores nos arrabaldes da cidade."

O Naga Baba rumou para a colônia, pensando nas pessoas que conhecera em seus longos anos de asceta.

Na academia aprendera as artes de um *sadhu* protetor. Aprendera também a manejar o tridente de ferro como arma. Exercitara-se nas contorções da ioga para adquirir uma destreza física muito superior à de qualquer lutador, endurecera as mãos e os pés para que pudessem matar um homem com um só golpe, praticara controle mental a fim de desarmar um adversário sem tocá-lo — e tornara-se um *naga*.

Todavia, quando deparava com o sofrimento de pessoas comuns, nada fazia para ajudá-las, limitando-se a colocar-lhes um *tilak** de cinza na testa; depois seguia em sua busca de solitude.

Os varredores esperavam diante de sua colônia com oferendas de alimentos. Sabiam o quanto o asceta os honrava comendo de suas mãos. Quando o visitante lhes marcou a testa com cin-

---

* *Tilak*: marca redonda, feita com pó ou pasta colorida, que homens e mulheres hindus usam na testa como símbolo religioso. (N. T.)

za, tocaram seus pés, agradecidos pela bênção que lhes era negada nos templos, onde estavam proibidos de entrar.

Agora o Naga Baba tinha de pedir esmolas numa terceira casa impura, antes de poder voltar para a selva. "Há um bordel nesta cidade?"

"Naturalmente, Baba."

"Vamos levá-lo até lá."

O asceta seguiu os varredores pelos becos estreitos que se estendiam atrás de sua colônia, observando como as outras pessoas se afastavam deles e como os varredores viravam o rosto para escondê-lo, num gesto que era todo de vergonha. Irritado com aqueles que se esquivavam de seus companheiros, ergueu o tridente e bradou: "*Om Namo Shivaya!* O Nome de Deus é Shiva, Senhor da Morte!". Homens e mulheres correram para suas casas, com medo de ser amaldiçoados pelo homem nu que gritava com eles, os cabelos emaranhados balançando de um lado para o outro.

O Naga Baba ficou feliz ao ver os varredores ainda rindo por trás das mãos quando o levaram a um bazar profusamente iluminado e apontaram a porta de madeira do bordel, rodeada por uma fileira de lâmpadas coloridas.

Música de filme tocava a todo o volume no balcão do bordel. O Naga Baba bateu na porta com seu tridente. Por fim um homem suado escancarou a porta; trazia no pescoço um cordão preto para dar sorte, e seus músculos salientes se revelavam sob a veste de algodão.

O mendicante estendeu sua cuia-caveira. "Esmolas. Na noite de Shiva."

"Vá embora!", o homem gritou. "Aqui a gente não dá comida a mendigo!"

O Naga Baba ergueu a mão. "Sou um asceta de Shiva. Você se atreve a me mandar embora nesta noite?"

O outro recuou como se uma força magnética lhe pressionasse o peito, conquanto nada o tocasse. Uma mulher gorda apareceu junto ao ombro do homem, o rosto enquadrado por brincos dourados que à luz das lâmpadas coloridas se revelavam penduricalhos sem o menor valor. Ao ver o asceta, surpreendeu-se, abrindo os lábios manchados de bétele.

"*Jai Shankar!* Shiva seja louvado!"

Os brincos bateram-lhe nas faces cobertas de ruge quando ela se curvou para tocar os pés do Naga Baba, o qual olhou para dentro. Uma criança se encolhia, amedrontada, atrás de um sofá coberto de plástico, o rosto retorcido de dor, enquanto um homem a agarrava pelo queixo com uma das mãos e com a outra levantava o pequeno corpo a fim de aproximar dos seus os lábios da menina.

O Naga Baba perdeu a criança de vista, pois a mulher se colocou à sua frente, dizendo: "Tenho uns doces de pistache deliciosos, comprados especialmente para a noite de Shiva".

"Já comi."

"Mas o senhor precisa aceitar alguma coisa. Não pode deixar minha casa sem me abençoar."

"Então aceito como esmola aquela criança."

"Claro, Baba." A mulher arrancou a menina dos braços do irado cliente e levou-a até o mendicante, sem encontrar resistência. A criaturinha ficou postada diante do Naga Baba, a cabeça mal chegando ao joelho do asceta, os olhos fitos no chão. A mulher bateu-lhe na cabeça. Foi um golpe nada delicado.

"Toque os pés dele com a testa, sua tonta." A criança obedientemente se prostrou aos pés daquele homem nu, e a mulher perguntou, com um sorriso afetado e malicioso: "Onde devo mandar buscá-la pela manhã?".

"Você dá esmolas ao santo esperando retorno?"

"Mas paguei quinhentas rúpias por essa infeliz. Foi uma grande caridade que fiz ao pai dela. Quando a comprei, a garota era pele e osso. Veja como a alimento bem, e mesmo assim ainda lhe falta muito para satisfazer um homem. Por que não aceita os doces em lugar dela?"

O Naga Baba ergueu sua cuia-caveira até os olhos da mulher e emborcou-a, para que não pudesse colocar nada dentro.

"Então leve-a por esta noite, duas noites até. Se depois disso ainda a quiser, volte para buscá-la daqui uns doze ou treze anos, quando ela não me servir mais para nada."

"Se eu deixar sua casa de mãos vazias na noite de Shiva, se você recusar uma esmola ao amado do Destruidor..."

"Leve-a!" A mulher recuou para dentro do bordel, intimidada pelos olhos do asceta, ainda vermelhos da fumaça das piras funerárias, por seu corpo e seus cabelos desgrenhados cobertos das cinzas dos mortos. "E depois não me amaldiçoe, quando descobrir o trabalho que ela dá. Nem nome a infeliz tem. O pai dela a chama de desgraça."

O Naga Baba colocou cinza na testa da mulher e inclinou-se para pegar a mão da criança. A menina o seguiu da entrada do bordel até a rua, os dedinhos rígidos na mão do asceta.

Quando se afastaram do bazar, o Naga Baba soltou-lhe a mão. Não a ajudou a atravessar uma rua nem a subir a mureta que circundava a pequena estação ferroviária da cidade. Apenas diminuiu as passadas e se pôs a andar mais devagar, entoando com sua voz profunda: *"Om namo Shivaya. Om namo Shivaya"*, pois sabia que a repetição incessante da cantilena "O nome de Deus é Shiva, Shiva é o nome de Deus" acalmaria os receios da pobrezinha como a voz de seu mestre o levara no passado a percorrer distâncias que imaginava serem impossíveis.

Deixaram para trás o último poste da cidade e as luzes fracas da colônia dos varredores. Contudo, o Naga Baba não parou, embora a noite da Índia se fechasse sobre suas cabeças e as hienas uivassem tão perto que ele sabia que tinham entrado na floresta.

Então pegou novamente a mão de sua pequena companheira e ajudou-a a transpor as raízes que irrompiam através da terra escura da selva. Por fim chegaram a uma figueira-de-bengala tão velha que seus ramos numerosos já haviam deitado novas raízes no solo.

O asceta rodeou a árvore, recolhendo ervas a fim de fazer uma cama para a criança. Ela o seguia bem de perto, apavorada com a escuridão e com os ruídos dos animais noturnos.

"Quanto tempo você ficou no bordel?", o Naga Baba perguntou, enquanto espalhava as ervas por entre os galhos enraizados da figueira-de-bengala e as socava para dar-lhes a firmeza de um colchão.

"Pelo menos duas épocas das chuvas."

"Vamos passar a próxima estação chuvosa em Amarkantak. Agora durma."

O Naga Baba sentou-se perto da menina, os olhos fechados, meditando, a voz profunda um bordão contínuo que abrandou o terror da pobrezinha até ela adormecer. O asceta já havia decidido não voltar para a selva onde vivera antes. Ficava muito perto da cidade, muito perto da dona do bordel, que poderia mudar de ideia e mandar seus arruaceiros do bazar buscarem a criança.

Na manhã seguinte ele apanhou um coco que estava caído no chão, com um único golpe partiu-o ao meio e com uma das metades fez uma cuia para sua pequena companheira. Depois se puseram a andar rumo ao norte, rumo ao Narmada.

A viagem demorou muitas semanas. No caminho a menina procurava cobras-d'água, aprendendo que onde elas se encontravam a água era pura o bastante para bebê-la. Via o asceta arrancar bulbos e tubérculos do chão e assá-los no fogo e constatava com surpresa que eram gostosos e enchiam o estômago.

Ele a ensinou a tomar leite fresco diretamente nas tetas das cabras errantes e a procurar marcas de gado. Juntos recolhiam punhados de esterco de vaca e colocavam ao sol para secar. O Naga Baba fazia uma pequena fogueira e queimava o estrume; depois o esfarelava entre os dedos, transformando-o em cinzas que passava por todo o corpo — eram um antisséptico e ainda isolavam do calor e do frio. Quando o asceta esfregava as cinzas nos braços da criança, ela percebia que os mosquitos nunca a picavam.

Seus dias não eram solitários. Sempre encontravam outras pessoas, pastores ou aldeões à cata de lenha, que gritavam para o Naga Baba: "*Jai Shankar!* Louvado seja Shiva!".

Às vezes levavam comida para o asceta e sua pequena companheira. Então ele dividia o alimento em quatro partes iguais, deixava uma para os animais e uma para qualquer estranho que estivesse precisando de uma refeição e reservava as duas porções restantes para a menina e para si mesmo.

Quando sua nova vida lhe pareceu mais real que a antiga, a criança passou a falar de seu pai e de seus três irmãos, que trabalhavam quebrando pedras na beira da estrada.

"Eu só podia comer depois que todo mundo tinha comido, por isso estava sempre com fome. E meu pai me batia."

"Por que seu pai chamava você de desgraça?"

"Porque minha mãe morreu quando me deu à luz. Então aquela mulher foi lá no cortiço onde a gente morava e falou que precisava de umas meninas para trabalhar como empregadas para os clientes dela. Eu acreditei quando meu pai me disse que Deus tinha me dado uma nova mãe. Fiquei feliz quando ele me vendeu para aquela mulher. Mas ela nunca me tratou como filha. Só me manteve na casa dela por causa daqueles homens."

"Qual é seu nome verdadeiro?"

"Não sei. Naquela casa me chamavam de Chand, Luar."

"Por quê?"

"Os fregueses escolheram o nome; disseram que eu tinha a pele suave como o luar."

"Quando chegarmos a nosso destino", o Naga Baba falou docemente, "você nunca mais vai precisar ter medo de homens como aqueles."

E assim escalaram as colinas acidentadas da serra Satpura e chegaram ao planalto de Amarkantak.

Agora se encontravam numa selva densa, cortada por cursos de água ou interrompida por clareiras repentinas nas quais havia um lago. A menina viu elefantes selvagens e macacos de cara branca. Aprendeu a reconhecer bandos de cervos, nilgos, antílopes, *chinkaras*. Via os animais, até mesmo os leopardos, aproximarem-se do Naga Baba, porque ele não os temia. E quando adormecia, com o asceta salmodiando a seu lado, imerso em meditações, sabia que os animais os ignorariam, assim como ignoravam outras espécies que não os ameaçavam.

À medida que se acercavam do Narmada, aldeões caminhavam a seu lado a fim de mostrar-lhes o local onde poderiam encontrar os barqueiros que conduziam as balsas. Sempre que avistavam um afluente, o Naga Baba garantia-lhe que estavam mais próximos de seu destino. Confiando nele, a criança vencia seu medo dos homens e entrava na água para subir em uma tosca embarcação com a ajuda de um barqueiro magro porém vigoroso, a pele enegrecida pelo sol, que considerava uma bênção transportar um asceta *naga*.

Finalmente chegaram às margens do Narmada, e o Naga Baba disse a sua pequena companheira que estavam bem perto de casa.

"Mas temos de atravessar o rio. Depois ninguém conseguirá encontrar você. Essa imensidão de água divide a Índia. Até a contagem dos anos e dos dias é diferente na outra margem. Lá você começará uma vida nova. Vou ensiná-la a ler e escrever. E lhe darei um novo nome."

"Como vai me chamar?"

"Uma."

"O que quer dizer?"

"É outro nome da deusa", respondeu o Naga Baba, erguendo-a para colocá-la numa balsa grande, de fundo chato, lotada de lavradores que estavam levando seus produtos para uma feira semanal. "'Uma' quer dizer 'paz na noite'."

Os lavradores formaram fila na balsa para receber a bênção do Naga Baba. O asceta colocou-lhes cinza na testa, e eles encheram sua cuia de moedas e frutas, enquanto a criança murmurava para si mesma seu novo nome. Ao alcançarem a outra margem, mais uma vez o barqueiro não aceitou dinheiro, e a menina ficou acenando para ele até não avistar mais a balsa na curva do rio.

Sempre repetindo seu novo nome, a criança seguiu o Naga Baba, que caminhava no sentido contrário à corrente.

Ele só parou quando chegaram a uma cachoeira. "Atrás dessa queda-d'água há uma caverna onde vamos morar no verão", falou, desenrolando o tecido cor de açafrão que envolvia seu tridente de ferro. "Mas precisamos construir uma casa para morar no inverno e na época das chuvas."

Agora a menina o ajudava a pegar grandes folhas de bananeira para trançá-las e fazer um telhado. Viu-o cortar hastes de bambu com seu tridente e enfiá-las na terra vermelha da margem do rio. Subiu em seus ombros para estender as folhas de bananeira sobre as hastes e riu de prazer quando, novamente no chão, constatou que tinham construído uma cabana de dois cômodos.

"Ainda falta uma última cerimônia."

O Naga Baba deu-lhe um punhadinho de estrume seco e foi conduzindo-a na direção do rio através das longas sombras projetadas pelas árvores. "Sabe em que noite encontrei você?"

"Qual?", a criança perguntou, sem saber se a sombra que serpeava a seus pés era uma planta rastejante ou uma cobra em movimento.

"A noite de Shiva, Senhor da Morte. Sua outra vida morreu naquela noite. Está vendo este bastão de sândalo? Vou transformá-lo em cinzas e colocá-las em sua testa quando você encontrar sua nova mãe."

A menina jogou o estrume no chão e se pôs a correr, batendo-se nas plantas, aflita para se distanciar do asceta.

Quando a vendeu para a dona do bordel, seu pai lhe havia dito que teria uma nova mãe. Ela sabia que o Naga Baba a vendera novamente.

O Naga Baba agarrou-a e, respirando fortemente, quebrando caules sob seus passos, carregou-a pela escuridão até o rio. Então colocou-a na margem lamacenta e ergueu as mãos para enrolar os cabelos emaranhados no alto da cabeça. De repente segurou a criança pelos braços e mergulhou-a na água. "O Narmada reclama todas as meninas para si. Hoje você se torna uma filha do Narmada."

A menina imóvel fitava-o nos olhos. A cinza dos cabelos do asceta caía sobre seu rosto, a corrente fria encharcava seu corpo rígido. Então a água cobriu-lhe a cabeça, e ela ouviu apenas o próprio sangue martelando-lhe nos ouvidos. Já nem tinha vontade de gritar, sabendo que nada podia fazer para não se afogar, estava impotente nas mãos poderosas do Naga Baba.

Mas o Naga Baba já a tirava do rio. Ignorando suas lágrimas, pôs-se a queimar o bastão de sândalo, que exalou na selva um doce perfume. Então esfarelou o sândalo entre os dedos e traçou três linhas de cinza na testa da criança.

"Pronto!", exclamou, satisfeito. "Agora podemos ir para casa."

Conduziu a menina, deixando para trás as velhas árvores que ladeavam a margem do rio, afastando para o lado os jasmins e as lantanas para que ela pudesse precedê-lo no atalho. Juntos contornaram as sombras agitadas de um imenso bambual e desceram pelas pedras que levavam à queda-d'água.

Quando entraram na caverna situada atrás da cachoeira o Naga Baba cantou:

Tartarugas e delfins fluviais encontram refúgio em tuas águas.
Garças pousam e brincam em tua superfície tranquila.
Peixes e crocodilos se reúnem em teu abraço.
Ó sagrado Narmada.

Naquele verão, a criança e o asceta viveram na caverna situada atrás da cachoeira. Ele a ensinou a ler e escrever e à noite cantava-lhe a canção do Narmada. Com o passar dos meses, a menina tinha ouvido as canções com tanta frequência que pediu para aprendê-las.

Só quando sua pequena companheira adormecia o Naga Baba iniciava suas meditações, de modo que às vezes ela ouvia em sonho sua voz profunda:

Shiva-o-ham
Eu que sou Shiva
Shiva o-ham
Shiva sou eu.

Chegada a época das chuvas, o asceta e a criança mudaram-se da caverna para a cabana que haviam construído na margem do rio com um trançado de folhas de bananeira e hastes de bambu.

Com frequência as tempestades eram tão violentas que as águas do rio transbordavam, inundando as margens, remoinhando ao redor dos troncos de árvore e dos bambuais, até que correram para a cabana, como se quisessem abraçar a menina que aprendia a recitar as louvações do rio.

16. A CANÇÃO DO NARMADA

"**Foi então que conheceu o Naga Baba?**", perguntei.

Um grupo de estudantes se pôs a olhar com curiosidade para a varanda, e Tariq Mia suspirou, fazendo-lhes sinal para que se dirigissem à mesquita. "Deve ser tarde, irmãozinho. Preciso ir ter com meus alunos."

Tentou se levantar, mas as pernas não o sustentavam, endurecidas pelo longo período de inatividade.

"Foi então que os conheceu?", repeti, ajudando-o a ficar de pé.

"Sim, eles moraram quase três anos nesta margem do rio. Toda vez que eu a via, Uma sabia mais canções sobre o rio. Quando ela cresceu, o Naga Baba a animou a cantar nas festividades religiosas, de modo que estavam sempre viajando de um templo ao outro."

O velho *mullah* soltou minhas mãos e com cuidado esticou braços e pernas. "A última vez que a vi ela me disse que a chamavam de cantora-santa. Mas nessa ocasião estava sozinha. O Naga Baba a deixara para buscar o estágio seguinte de sua *prajnâ*."

Caminhamos lentamente até a ponte, seus dedos pousando sobre meu braço com uma pressão levíssima, como se ele já se tivesse despojado de seu corpo frágil.

Enquanto atravessávamos a plataforma de mármore em frente à mesquita, Tariq Mia comentou: "Nunca pensei que o Naga Baba fosse deixar Uma. A menina era mais que uma filha para ele. Era o fruto de sua austeridade".

Perguntei-lhe o que queria dizer. Tariq Mia parou na ponte, olhando para a água, o rosto fino sombreado pelo *flamboyant* que derramava seus tufos luminosos de pétalas vermelhas e alaranjadas sobre o fruto verde de uma bananeira vizinha.

"Talvez seja apenas uma tolice de velho, irmãozinho. Mas, se o Narmada nasceu da penitência de Shiva, então Uma com certeza nasceu da penitência do Naga Baba. Diga-me, que sabedoria mais alta ele poderia adquirir deixando Uma?"

"Quer que eu tente encontrá-los para você? Não há nenhum hóspede no bangalô. Tenho muito tempo livre."

O velho *mullah* envolveu-me em seus braços finos. "Pessoas como aqueles dois são como água fluindo através de nossa vida, irmãozinho. Aprendemos alguma coisa quando as encontramos, depois elas se vão. Nunca mais as vemos."

Fiquei parado na ponte, observando a caminhada de Tariq Mia na direção da mesquita onde seus alunos o esperavam. Ele não se voltou para se despedir de mim com um aceno. Tinha os olhos fixos na plataforma de mármore sob seus pés.

Na volta para o bangalô, percorrendo o atalho lamacento por entre as árvores, eu sentia o cheiro de mato que vinha do chão.

A selva fervilhava de atividade. Periquitos e cucos, pombos e mainás guinchavam e grasnavam, construindo seus ninhos antes que o calor do verão secasse a floresta. Até cervos e javalis cruzavam o atalho sem ser incomodados por nenhuma tribal catando lenha.

Eu me perguntava onde as mulheres estariam, quando ouvi gritos e barulho de motor. Pus-me a correr pelo atalho lamacento, temendo que houvesse acontecido um acidente no bangalô.

Chegando à curva, avistei um grupo de aldeãs de Vano que descarregavam caixotes de três jipes estacionados em fila na frente da pousada.

O sr. Chagla estava postado junto aos jipes, assinalando os itens de uma lista. Atrás dele o dr. Mitra acenava os braços magros para um homem alto que entrava no jardim do bangalô, seguindo duas moças de calças compridas.

"Ah, você está aí!", o dr. Mitra gritou ao me ver. "Shankar, Shankar, espere. Quero que conheça seu hospedeiro."

O homem se voltou. Seus cabelos cortados rente eram de uma exatidão quase militar, o corpo magro pecava apenas por uma barriga saliente que conviria melhor a um negociante que a uma pessoa apresentada pelo dr. Mitra como professor V. V. Shankar, eminente arqueólogo e a maior autoridade em Narmada existente no país.

"Desculpe nossa chegada repentina", falou o professor Shankar, com uma voz grave, apertando-me a mão. "Estamos conduzindo uma escavação arqueológica a quarenta quilômetros daqui. O dr. Mitra sugeriu que me hospedasse em sua pousada e a usasse como nosso quartel-general."

Acenou para as duas moças que estavam atrás dele. "Estas são minhas assistentes, Sheela e Asha. Vão ficar no acampamento."

Um homem de bigode se debruçou no balcão da casa. Outro homem, cujas feições angelicais indicavam que mal deixara a adolescência, gritou por sobre o ombro de seu companheiro de bigode: "Professor, finalmente conseguimos fazer o telefone de campanha funcionar! O velho Murli quer falar com o senhor. Um camponês levou seu gado para o sítio arqueológico, e os animais estão lá, vagando por toda parte".

"Já vou subir, Naresh. Anil, comece a organizar a biblioteca." O professor Shankar afastou as moças e saiu correndo pelo jardim. "Deve ser uma emergência, já que meu guia Murli precisa me consultar", gritou para nós.

Eu estava perplexo, observando a atividade à minha volta. O sr. Chagla apressava as aldeãs. Quando elas passaram por mim, li as identificações nos caixotes que balançavam sobre suas cabeças: Microscópios, Produtos Químicos, Diapositivos de Pesquisa, Equipamento Fotográfico, Obras de Referência. Atrás de nós, as duas moças tiravam mais caixotes dos jipes.

O dr. Mitra riu de minha expressão atônita. "Ora, não vai ser tão horrível como parece. Só Shankar vai ficar aqui. É um bom sujeito. Somos velhos amigos, sabe. Os outros estarão a quarenta quilômetros da pousada. Venha, é bom sairmos daqui antes que nos atropelem."

Ele me pegou o cotovelo com seus dedos ossudos e conduziu-me pelo jardim apinhado até a sala de visitas, como se estivesse levando um paciente de enxaqueca para uma câmara escura.

"Mas quem é esse professor Shankar?", perguntei, enquanto a voz profunda do arqueólogo gritando em seu telefone de campanha ressoava pela escada abaixo. "Ele trabalha para o governo?"

"Atualmente não. Ele dirigia o setor do Departamento de Arqueologia encarregado de toda esta região, até que um dia se cansou da burocracia e pediu demissão."

O dr. Mitra estirou seu corpo comprido numa poltrona. "Depois disso ninguém ouviu falar nele durante muito tempo. Então, há três anos, Shankar ressurgiu com um livro extraordinário, *Um estudo do Narmada*. Parece que passou esse tempo todo pesquisando. De qualquer modo, o livro causou sensação nos círculos arqueológicos, e ele recebeu um convite para presidir a Companhia Indiana de Preservação. A companhia está financiando essa escavação."

A porta se abriu. Uma das assistentes do professor Shankar entrou, afastando dos olhos os densos cabelos curtos. "Desculpem interromper. Será que poderia nos arrumar um lanche? Prometemos a nosso guia que montaríamos o acampamento antes do anoitecer."

Olhei para o dr. Mitra, erguendo os ombros para indicar que nada mais me restava fazer, e saí à procura do sr. Chagla.

Quando entramos na sala de jantar, constatei que o desafio inesperado levara o cozinheiro e o sr. Chagla a produzir uma enorme refeição.

Os membros da expedição puxaram suas cadeiras até a mesa e se serviram sem constrangimento dos pratos espalhados à sua frente, discutindo sobre a escavação, enquanto os criados entravam com pães e arroz quente.

Havia à mesa uma energia que me trouxe lembranças de meus tempos de funcionário público, quando nos esforçávamos para elaborar no prazo o orçamento seguinte.

"Essa escavação vai nos render um livro tão bom quanto

Um estudo do Narmada, professor?", perguntou o assistente de bigode. E, sem esperar a resposta, informou: "O professor Shankar adora o Narmada, vocês sabem. Por isso é que entende tanto do assunto".

"Bobagem", replicou o arqueólogo. "Amo esse rio. Adorar é uma palavra forte demais."

"Por quê?", perguntou o dr. Mitra. "Afinal, o Narmada é o rio mais sagrado da Índia, como nosso anfitrião seria o primeiro a nos dizer."

O professor Shankar me fitou, e tive plena consciência de que por trás das lentes grossas dos óculos seus olhos negros me avaliavam com feroz inteligência.

"Só me interesso pela imortalidade do rio, não por sua natureza sagrada", falou secamente.

"O que quer dizer com imortalidade?", perguntei, embaraçado porque todos estavam olhando para mim.

O professor Shankar tirou seus óculos pesados, revelando reentrâncias em ambos os lados do nariz, e cuidadosamente os limpou com um lenço. "Bem, o Narmada é o que chamamos de rio degradante. Tem uma corrente muito rápida, que erode seu leito, escavando a rocha cada vez mais fundo. Contudo, nunca mudou seu curso. O que vemos hoje é o mesmo rio visto por pessoas que viveram aqui há cem mil anos. Para mim, esse registro ininterrupto da presença humana no mesmo local é imortalidade."

O dr. Mitra balançou a cabeça. "Imutabilidade, talvez, mas decerto não imortalidade?"

"Não, não, Mitra. Estou falando de imortalidade no sentido mais literal. Tanto é assim que o calendário hindu é diferente em cada margem do Narmada. Imagine. Há milhares de anos o sábio Vyasa ditou o *Mahabharata* nesta margem. Depois, em nosso século, esta região serviu de cenário para o *Jungle book*, de Kipling. Entre um fato e outro, uma infinidade de homens deixou suas marcas sobre o rio."

Uma assistente fez uma careta para os colegas. "Por exemplo, Kalidasa. Seu poema 'O mensageiro da nuvem' e sua grande peça *Shakuntala* descrevem as colinas que se erguem atrás desta pousada."

Percebi que os assistentes do professor já estavam habituados com a conversa quando a outra moça disse: "Então, há mil e duzentos anos Shankaracharya escreveu um poema ao rio".

"E todos os poemas que Rupmati e Baz Bahadur escreveram quando o Narmada apareceu para eles como uma fonte que brotava de sob um tamarindeiro pouco distante daqui?", perguntou um dos homens.

O professor Shankar riu e empurrou sua cadeira. "Exatamente. É preciso dar bastante trabalho aos arqueólogos para que não percam tempo dessa maneira."

Tirou um lenço do bolso e, enxugando o suor de seus cabelos curtíssimos, conduziu o dr. Mitra e seus assistentes para fora da sala. Um minuto depois os motoristas aceleravam os motores. Com um rugido, o comboio desceu sacolejando pela estrada lamacenta rumo ao sítio arqueológico.

Um silêncio opressivo caiu sobre a pousada depois que eles partiram, e uma sensação de abandono envolveu a sala de jantar. Até os criados pareciam entorpecidos ao tirar a mesa.

O sr. Chagla lançou-me um olhar desacorçoado. "Eles trouxeram tanta vida, não trouxeram, sir? Tanta vida, tanta..."

"É melhor ir comprar mantimentos, Chagla", interrompi-o, impaciente. "Você viu o quanto eles comem."

Ao cabo de uma semana os arqueólogos dominavam a rotina da pousada. Agora ocupavam todo o primeiro andar do bangalô. O professor Shankar morava numa suíte. Os outros aposentos haviam se transformado num laboratório, numa biblioteca e numa sala de comunicações, a qual abrigava o telefone de campanha e mapas.

Todas as manhãs o sr. Chagla supervisionava pessoalmente a arrumação dos quartos, temendo que um criado zeloso demais varresse um fragmento de um passado distante por julgar que se tratava apenas de uma lasca de pedra ou de um torrão de argila.

Eu já não visitava a aldeia de Tariq Mia, pois de repente podiam precisar de mim na pousada. Mesmo assim, em geral o professor já havia ido para o sítio antes de eu voltar de minha caminhada matinal. Porém um ou mais assistentes seus chegavam pela manhã e se enfiavam no laboratório, onde trabalhavam o dia inteiro. Ou gritavam no telefone de campanha pedindo instruções ao professor Shankar, e suas vozes se faziam ouvir no jardim através das janelas abertas. Na hora do almoço, sua animação e seu apetite enchiam de ruidosa energia a sala de jantar.

Às cinco da tarde o bangalô se esvaziava, pois os assistentes voltavam para o acampamento. O sr. Chagla fazia uma última inspeção das suítes antes de pegar sua bicicleta e tomar o caminho de Rudra, e eu ficava sozinho para desfrutar durante algumas horas a tranquilidade da pousada deserta, até meu ilustre hóspede voltar do sítio e ir ter comigo no terraço.

Às vezes permanecíamos sentados em silêncio, observando as silhuetas distantes dos peregrinos que lançavam suas lamparinas nas águas em Mahadeo e se deslocavam como formigas pela escadaria do templo, para cima e para baixo.

Às vezes, bebericando um copo de suco de melancia, o professor Shankar falava do Narmada.

Um dia lhe perguntei por que achava que o rio não era sagrado. Sua resposta foi tão derrisória que nunca repeti a pergunta.

"Pura mitologia! Perda de tempo! Se esse rio tem alguma coisa de sagrado, são as experiências individuais dos seres humanos que viveram aqui."

O arqueólogo apontou a escuridão. "Olhe para a esquerda. Onde estão as cascatas. Quando estava pesquisando para escrever meu livro, encontrei alguns desenhos rupestres nesta região. Nossas datações das amostras comprovam que remontam à Idade da Pedra. Portanto devem figurar entre as mais antigas evidências de vida humana na Índia. Mais abaixo, no mesmo rochedo, estamos encontrando implementos de períodos sucessivos — Neolítico, Idade do Ferro, Idade do Bronze."

Ele pegou o copo e o esvaziou. "Este rio é um registro ininterrupto da raça humana. É por isso que estou aqui. Agora me conte por que você está aqui."

Mesmo sabendo que minha explicação pareceria tola, respondi: "Eu me afastei do mundo".

"O que fazia antes de se afastar?"

"Eu era um burocrata. De alta posição, aliás."

Ele esperou que eu continuasse, porém não consegui lhe falar dos privilégios de minha vida anterior: o exército de servidores, os compartimentos especialmente reservados no trem, os suplicantes. Nem da frequência com que vi meus colegas sucumbirem à corrupção, fortalecendo minha vontade de abandonar o mundo.

"Escolheu o lugar errado para fugir do mundo, meu amigo", o professor Shankar finalmente falou, levantando-se para sair do terraço. "Muitas vidas convergem para essas margens."

Concordei com um gesto, mas o arqueólogo já atravessava o gramado escuro, rumo às luzes da varanda. Pus-me a pensar nas pessoas que havia conhecido desde que chegara à pousada e no comentário de Tariq Mia de que elas eram como água fluindo através de várias vidas para nos ensinar alguma coisa. Talvez o velho *mullah* tivesse razão. Talvez o destino tivesse me trazido para as margens do Narmada a fim de que eu compreendesse o mundo. De repente, pela primeira vez desde a chegada dos arqueólogos, lembrei-me da história do Naga Baba e de sua protegida, que Tariq Mia me contara.

"Professor Shankar!", chamei. Ele se voltou. "Ainda sei tão pouca coisa sobre o Narmada. Se o senhor encontrar alguns menestréis do rio, poderia mandá-los para mim?"

Meu hóspede pegou o lenço e passou na cabeça, o ruído do pano sobre seus cabelos curtos fazendo-se ouvir na noite. "Acho que você poderia pedir a meu velho guia que os procurasse."

"O senhor não gostaria de ouvir um menestrel do Narmada?"

Da varanda do bangalô o arqueólogo fez um gesto que indicava desinteresse. "Não, meu amigo. Os menestréis cantam sobre deuses e deusas. Eu sou um homem e só entendo canções que falam de outros homens. Deixo o resto para você."

Ele tirou os óculos e consultou o relógio. "Por falar nisso, amanhã vou levar meus assistentes a um sítio rio acima. Vamos montar o acampamento na própria escavação, portanto ficaremos fora uma semana. Espero que goste de ter novamente um pouco de paz."

Para minha surpresa, o professor Shankar estava errado. Apesar de meu prazer com a presença das moças de calças compridas ou dos dois rapazes, que não paravam de fumar e com sua atividade animavam o bangalô, conferindo-lhe a energia irrequieta da cidade, também pensei que apreciaria minha solidão quando eles se fossem.

Até dei ao sr. Chagla uma semana de folga.

Não desconfiava que me sentiria tão sozinho enquanto os outros estivessem fora. Descobri que tinha saudade dos almoços ruidosos com os jovens arqueólogos e de seu entusiasmo contagiante quando se punham a falar do progresso das escavações. Tinha saudade do professor Shankar e do prazer de conversar com alguém que, como eu, trabalhara para o governo.

Sentado no terraço, meditando em meio à escuridão antes do amanhecer, admiti para mim mesmo que invejava meus hóspedes por ainda pertencerem a um mundo do qual eu abrira mão.

Agora tinha tempo, mas não tinha vontade de ir visitar Tariq Mia. Não queria me sentar com o *mullah* de uma pequena aldeia que parecia parado no tempo, insensível aos acontecimentos de um mundo mais amplo. Com certo receio percebi que estava me habituando àquele outro ritmo que os arqueólogos haviam trazido para a pousada, o ritmo de minha vida anterior.

Sem sua presença, os dias se tornavam longos e vazios, as pequenas tarefas ligadas à administração do bangalô não contribuindo em nada para o tempo passar mais depressa.

Fiquei aliviado quando a semana chegou ao fim e me vi

ansioso para receber no bangalô vazio o professor Shankar e seus assistentes.

Na noite que precedeu seu retorno eu estava sentado na varanda da pousada, capaz de apreciar novamente a brisa do rio naquela meia hora anterior ao pôr do sol, quando o guarda tossiu para chamar-me a atenção.

"Uma mulher está lá no portão, pedindo para vê-lo, *sahib*."

"O que ela quer?"

"Não sei, *sahib*. Ela disse que precisa falar com o senhor."

"Então vá buscá-la."

Um minuto depois, o guarda voltou, seguido por uma jovem esguia, vestida num sári carmesim, carregando no ombro esquerdo um instrumento de uma corda só. Quando ela se aproximou, vi os címbalos de prata amarrados a sua mão direita.

"Creio que deseja ouvir uma recitação do rio, *sahib*. Sou um menestrel do rio."

Perguntei-lhe como se chamava e quem a enviara ao bangalô. Ela não disse nada, nem sequer fez um gesto para me dar uma resposta. Curiosamente sua atitude não me ofendeu. Tentando disfarçar minha empolgação, conduzi-a ao terraço.

Mais além, o sol batia em cheio nos canais da margem oposta do rio, que brilhavam como prata nos campos verdes. A jovem colocou seu instrumento no piso de pedra e foi até o parapeito.

Juntando as mãos, cantou para a água:

> *Os sábios disseram*
> *Que aquele que te louva*
> *Ao amanhecer, no crepúsculo, à noite*
> *Pode nesta forma humana*
> *Adquirida através do sofrimento de*
> *Tantos renascimentos*
> *Aproximar-se com honra*
> *Dos pés de Shiva.*
>> *Pois ouve meu louvor,*
>> *Ó sagrado Narmada.*

Tu adornas a terra
Com tua presença.
Os devotos chamam-te Kripa,
A própria graça.
> *Tu mundificas a terra*
> *De suas impurezas.*
> *Os devotos chamam-te Surasa,*
> *A alma santa.*

Saltas pela terra
Como um cervo a dançar.
Os devotos chamam-te Rewa,
Aquele que salta.
> *Mas Shiva chamou-te*
> *Prazer*
> *E rindo*
> *Deu-te o nome de Narmada.*

Com um gesto ela me pediu para sentar-me e depois pegou seu instrumento. A batida dos címbalos produzia um ritmo suave sob o bordão de seu instrumento.

> *Ó água da cor do cobre*
> *Sob um céu da cor do cobre*
> *Da penitência de Shiva te fizeste água.*
> *Da água te fizeste uma mulher*
> *Tão bela que deuses e ascetas,*
> *A genitália rija de desejo,*
> *Abandonaram suas contemplações*
> *Para seguir-te.*

> *Uma vez, e uma vez somente,*
> *Na Roda da Existência sempre a girar*
> *O Terrível foi levado a rir.*
> *Olhando desde sua contemplação interior*
> *Para ver-te, o Destruidor falou:*

Ó donzela das formosas ancas,
Evocadora de Narma, lascívia,
Sê conhecida como Narmada,
O mais sagrado dos rios.

Lá no alto o céu se tornava metálico. A luz suave bronzeava o rosto da cantora.

Ó rio, nascido da penitência,
Nomeado pelo riso,
Tuas torrentes desordenadas
Incrustam as montanhas de pedra dos Vindhyas
Como o ichor* doura o corpo de um elefante.
E ao longo de tuas margens
Os estames das flores verdes e douradas da nipa**
Rompem as pétalas que os encerram
Desejando a ti.

Bosques carregados de jasmins silvestres
Envolvem-te com sua fragrância.
Ao ouvir que te aproximas
Jovens bananeiras
Florescem em repentina eclosão.

O sol se punha, e uma torrente de cores inundava o céu, bailando sobre o rosto da cantora.

Os sábios que meditam em tuas margens dizem
Que nasceste duas vezes,
Uma da penitência,
Uma do amor.

* *Ichor*: na mitologia clássica, fluido etéreo que corre nas veias dos deuses. (N. T.)
** Nipa: palmeira asiática (*Nypa fruticans*). (N. T.)

Dizem que o Asceta divertindo-se com a deusa
Mesclou o suor de sua ardência às gotas
Que o afã do amor tirava dos seios dela
E criou-te com o líquido de seu divino desejo.
> *Depois transformou-te em rio*
> *Para acalmares a lascívia dos homens santos*
> *E chamou-te Narmada,*
> *Aplacadora de Desejos.*

Até o sêmen de Shiva
Arrefece e torna-se pedra em teu leito
Cada uma das sementes fazendo-se
Em ídolo arrancado de tuas águas azuis-negras
Venerado com guirlandas de flores
Nos templos de tuas margens.

A cantora fechou os olhos. Parecia entrar em transe, balançando-se de um lado para o outro.

Ó rio nascido do amor,
Nomeado pelo riso,
Tuas águas purpúreas deslizam como uma veste
De tuas margens íngremes.

Kalidasa pergunta quem suportaria deixar-te?
Pois quem suportaria deixar uma mulher, o ventre nu,
Tendo visto por uma vez a graça de seu corpo?

Antílopes aos saltos
Traçam o mapa de teu curso.
Pássaros se apinham nas árvores sagradas
Que sombreiam as praças de tuas aldeias.
Jambeiros escurecem tuas águas.
Mangas silvestres caem em tua corrente serpeante
Como flores nos cabelos de uma donzela.

O sol havia desaparecido no horizonte. O rosto da cantora tornou-se indistinto na penumbra.

> *Está registrado nas escrituras*
> *Que presenciaste o nascimento do tempo,*
> *Quando Shiva como um pavão dourado*
> *Percorreu o oceano do Vazio.*

> *Lembraste ao Destruidor*
> *Que a Criação esperava Seu comando.*
> *Abrindo em leque as plumas terríveis,*
> *Shiva deu à luz este mundo e a montanha*
> *Onde está sentado em meditação*
> *Até a Destruição.*

> *Presenciaste a Criação*
> *Por ordem de Shiva só tu restarás*
> *Na Destruição.*

A cantora voltou o rosto para mim e já não parecia jovem. Talvez fosse o bangalô às escuras, erguendo-se por trás dela como a sombra de um templo abandonado, que agora a fazia parecer sem idade.

> *Predisse o sábio que conhece a verdade*
> *Que à meia-noite, quando vier a torrente escura,*
> *Hás de transformar-te numa jovem*
> *Radiosa como uma coluna de esplendor.*
> *Segurando um tridente na mão esguia, dirás:*
> *Sábios, deixai vossas ermidas na floresta.*
> *Não vos demoreis. O tempo da grande destruição chegou.*
> *Enquanto o Destruidor dança,*
> *Tudo será destruído.*
> *Eu e apenas eu sou refúgio.*

Trazei vosso conhecimento da humanidade
E segui-me.
Eu vos levarei à próxima Criação.

Um vulto atravessava o jardim. Quando se aproximou, reconheci o professor Shankar. A cantora não o viu. Balançava com seu instrumento, voltada para o rio, e cantava o hino de Shankaracharya:

Ó Mensageiro do Tempo Fugaz,
Ó Refúgio e Salvação,
Tu dissolves o medo do próprio tempo,
Ó sagrado Narmada.

Removes as máculas da maldade.
Soltas a roda do sofrimento.
Levantas os fardos do mundo.
Ó sagrado Narmada.

O professor Shankar entrou no terraço, e um sorriso iluminou o rosto da cantora.

Tartarugas e delfins fluviais encontram refúgio em tuas águas.
Garças pousam e brincam em tua superfície tranquila.
Peixes e crocodilos se reúnem em teu abraço.
Ó sagrado Narmada.

Bardos e ascetas cantam tuas maravilhas.
Jogadores, trapaceiros e dançarinos te louvam.
Todos nós encontraremos refúgio em teu abraço,
Ó sagrado Narmada.

A cantora juntou as mãos, saudando o rio. Por um instante ficou parada, a cabeça inclinada para as águas escuras. Depois, colocando seu instrumento no chão, caminhou em nossa direção.

Enfiei a mão no bolso para lhe dar algum dinheiro, mas ela passou por mim e abaixou-se para tocar os pés do professor Shankar.

O arqueólogo levantou-a do chão. "Você está bem, Uma?"

"Sim, Naga Baba. Disseram que você queria que eu viesse."

Eu fitava os dois estupefato, sem conseguir entender o que estava acontecendo.

"Para onde você vai quando sair daqui?"

"Estou indo para o litoral."

O professor Shankar riu. "Para encontrar um marido, como o Narmada encontrou seu Senhor dos Rios?"

"Você consegue ver o futuro, Naga Baba. Você sabe se vai ser assim."

"O futuro se revela a todos no devido tempo. Venha, eu a levo para Rudra."

Ele se adiantou para ajudar a cantora com seu instrumento. Eu me coloquei entre os dois.

"O senhor?", perguntei. "Um asceta?"

"Não sou mais."

"Mas o senhor não pode ser o Naga Baba!"

Esperei que me contestasse. Ele se manteve em silêncio, observando-me através de suas lentes grossas.

"O senhor não pode ser o Naga Baba!", gritei, frustrado com o silêncio do professor Shankar. "Ele está numa caverna, em algum lugar, buscando a *prajnâ* mais alta."

"Não. Ele voltou para o mundo."

Agarrei-o pelo braço. O arqueólogo não se moveu, porém senti que eu estava sendo empurrado para trás, e meus dedos o soltaram.

O professor Shankar assistia à minha agitação com polida indiferença, enquanto eu me esforçava para formular mais uma pergunta.

"O que você deseja saber?", ele finalmente falou.

"Por que o senhor se tornou asceta, por que deixou o ascetismo? O que significa isso tudo?"

"Não tenho grandes verdades para partilhar, meu amigo",

respondeu o arqueólogo, paciente. "Já lhe disse que sou apenas um homem."

Eu não podia acreditar no que estava ouvindo. "Valeu a pena tanto sofrimento para descobrir uma coisa tão óbvia?"

O professor Shankar se manteve em silêncio, e novamente esse silêncio me enfureceu.

"É essa sua *prajnâ*? Foi por isso que o senhor suportou todas as penitências?"

Ele me lançou um sorriso irônico. "Não sabe que a alma precisa passar por oitenta e quatro mil nascimentos a fim de se tornar um homem?"

Voltou-se, e quase não o ouvi acrescentar: "Só então ela pode retornar ao mundo".

O professor Shankar se dirigiu para a beira do terraço, onde a cantora o esperava, e eu fiquei tentando decifrar o significado de suas palavras.

Ele envolveu com o braço o ombro magro da cantora. E os dois atravessaram o jardim, rumo ao portão. Permaneci de pé, na escuridão, observando-os, sem conseguir acreditar que aquele homem tinha sido um asceta nu, sem conseguir me convencer de que não o fora.

As portas do jipe se fecharam, e os faróis rasgaram a selva, lançando sombras estranhas pelos bambuais. Repentinos arcos de luz vararam a escuridão enquanto o jipe descia o caminho tortuoso que levava a Rudra. Eu olhava para os clarões, perguntando-me pela primeira vez o que haveria de fazer se um dia deixasse o bangalô.

O jipe desapareceu na noite ao transpor a curva da colina, e voltei para o terraço.

Os sinos do templo bimbalhavam ao longe, em Mahadeo. Às minhas costas, os criados acendiam as luzes do bangalô.

Debrucei-me no parapeito a fim de olhar o rio.

Lá embaixo a água corria negra sob um céu sem lua.

Na curva do rio, as lamparinas de argila ainda cintilavam, a correnteza levando-as para o oceano.

GLOSSÁRIO

AHIMSA Não violência.

ALMIRAH Armário.

BENARES Uma das sete cidades sagradas dos hindus, situada na margem do rio Ganges. Também chamada Varanasi e Kasi.

BÉTELE Planta sarmentosa. As folhas e o suco são usados como digestivo.

BIDI Charuto feito com uma folha de tabaco enrolada.

BODDHISATTVA Criatura iluminada, mestre da verdade.

BRÂMANE Membro da casta sacerdotal, uma classe de eruditos.

CHANDIDAS (c. 1350-1430) Poeta bengali cujas canções abordam toda forma de amor humano e inspiraram Chaitanya, o grande reformador hindu.

CHISTI Místico sufi do século XII que se estabeleceu na cidade de Ajmer e introduziu sua ordem mística na Índia. Considerado um dos quatro santos fundadores do indo-sufismo. Morreu em Ajmer.

CINZAS Marca do asceta. Acredita-se que o banho de cinzas transmite poderes espirituais; na mitologia Shiva tomou o primeiro banho desse tipo com as cinzas do Deus do Amor, Kama, ao qual havia incinerado porque lhe perturbara as meditações.

CORNACA Treinador de elefantes.

DHOTI Vestimenta de uma só peça usada pelos homens; cai em dobras da cintura até os tornozelos.

DIKSHA Literalmente, iniciação.

GANDHARVA VEDA A ciência da música, do canto, do drama e da dança. Apêndice do Sama Veda.

GRÃO-MOGOL O imperador Akbar (1542-1605), que reinou de 1556 a 1605.

HARMÔNIO Caixa retangular com dois foles e um teclado. Acreditava-se que os portugueses o levaram para a Índia no século XVII, quando era um instrumento de pedal. Hoje, no entanto, é um instrumento manual, que o músico toca sentado no chão, com as pernas cruzadas, e de frente para o teclado.

HAVELI Mansão construída ao redor de pátios interligados; o termo também é utilizado no norte da Índia para designar ateliê.

IOGA Uma das seis escolas da filosofia hindu ortodoxa. É ainda uma forma de disciplina mental e física codificada por Patanjali em seus *Yoga Sutras*. Além disso é um código de práticas ascéticas, basicamente pré-ariano em sua origem. Constitui a principal expressão da meditação indiana.

JAINISTA Adepto do jainismo, religião indiana de extrema antiguidade. Em geral considera-se seu último reformador, Maavira (500 a.C.), o fundador histórico do jainismo moderno. No século I d.C. os jainistas se dividiram em duas seitas principais: o grupo Svetambara ou Vestido de Branco, que usa trajes brancos, e o grupo Digambar ou Vestido de Céu, cuja austeridade exclui a posse de roupas.

JEHANCIR (1569-1627) Filho de Akbar e imperador mogol entre 1605 e 1627.

KAABA Local de Meca onde o profeta Maomé quebrou os ídolos dos incréus e orou. Quando rezam, os muçulmanos se voltam para a Kaaba.

KABIR (1440-1518) Reformador das duas grandes religiões existentes na Índia em sua época; o hinduísmo e o islamismo. Rejeitou com desprezo os rituais de ambas, a idolatria dos hindus e a minúcia teológica dos muçulmanos, e mandou para o inferno os sacerdotes das duas religiões. Também se opôs à ênfase dos jainistas e budistas na abstinência total da violência, argumentando que a vida se mantinha com a devoração da vida. Sua insistência na verdade, na misericórdia e no autocontrole influenciou profundamente o fundador da religião *sikh*. Banido da cidade santa dos hindus, Benares, e perseguido pelo imperador muçulmano Sikandar Lodi, Kabir gozava de imensa popularidade junto às massas e era acossado pelas classes dominantes.

KAILASH O paraíso de Shiva. Montanha do Himalaia, ao norte do lago Manasa.

KALIDASA O maior poeta e dramaturgo da Índia, uma das nove joias da corte do rei Vikramaditya em *Ujjain*. Como houve em *Ujjain* vários com esse nome, situou-se a obra de Kalidasa entre 400 a.C. e 200 d.C.
Sobre sua peça *Shakuntala* Goethe escreveu:
Willst du den Himmel, die Erde, mit einem namen begriefen?
Nenn'ich Sakuntala dich, und so ist alles gesagt.
[Queres abranger com um só nome o céu e a terra?
Pois te digo o nome de Shakuntala, e assim tudo está dito.]

KAMA Deus do amor, incinerado pela mirada do terceiro olho de Shiva porque perturbou as meditações deste último. Passou então a ser chamado Ananga, o Incorpóreo.

KAMARUPA Nome com que no passado se designava a atual região de Assam, na Índia, associada com cultos eróticos antiquíssimos. Chamava-se terra de Kama porque se acreditava que nessa região o Deus do Amor recuperou seu *rupa*, ou corpo.

KAMA SUTRA Enciclopédia de educação erótica, abrangendo a maioria dos aspectos e técnicas de corte e união sexual; foi escrita por Vatsayana no século V a.C.

KHUSRAU, AMIR O primeiro e maior discípulo de Nizamuddin Auliya, um dos fundadores do sufismo indiano. Poeta e músico, atribui-se a ele a invenção do moderno sitar e da língua urdu. Morreu em Delhi em 1325.

LINGAM Falo de Shiva, simbolizando a religião regenerativa. O termo designa ainda pedras elípticas polidas pela ação do rio Narmada e adoradas como a imagem de Shiva.

MAHABHARATA Poema épico dos hindus, provavelmente o maior poema existente no mundo. Diz-se que foi ditado pelo sábio Vyasa. Seu tema central é a guerra entre os Kauravas e os Pandavas; no texto o auriga divino, Senhor Krishna, expõe ao rei Arjuna a filosofia que se tornou um dos textos fundamentais dos hindus, o *Bhagavad Gita*, ou *Canção do Divino*.

MECA Berço natal do profeta Maomé; a cidade mais sagrada do islamismo.

MIRABAI (*c.* 1450-1520) Poetisa e mística hindu. Foi uma rainha rajaputra que deixou o marido para adorar sua divindade, Senhor Krishna. Seus cânticos a Krishna são entoados por toda a Índia.

MULLAH Mestre religioso na fé islâmica.

NAGA SADHUS Ascetas nus, seguidores de Shiva. Conhecidos também como os ascetas protetores.

NAWAB Título de governante muçulmano.

NIZAMUDDIN Bairro de Nova Delhi, capital da Índia moderna. Abriga o santuário de Nizamuddin Auliya, um dos fundadores do sufismo indiano, e também a tumba de Amir Khusrau, seu discípulo mais famoso. Desde o século XIII d.C. é o centro da música *quawwal* (cânticos que louvam a Deus).

PAAN Alimento feito de folha de bétele, pasta de lima e coco de areca moído.

PAANWALLAH Vendedor de *paans*.

PATIALA PEG Dose tripla de uísque, assim chamada em função do marajá de Patiala, que era famoso por sua altura e por seus apetites.

PUKKA Autêntico (gíria).

PURANA Literalmente, antigo. Coletânea de textos contendo relatos lendários de tempos antigos. Embora os Puranas contenham material bem mais antigo; transmitido oralmente, as datas do registro por escrito são comparativamente tardias — do século I a.C. ao século VI d.C. Existem oitenta grandes Puranas e oitenta e oito obras secundárias, que também são chamadas de Puranas, mas não possuem grande mérito.

QUAWWALI Cantor de *quawwals* (literalmente, aforismos), cânticos de louvor a Deus. A música *quawwal* divulgou-se pela Índia no século XIII d.C. e era utilizada pelos cantores santos sufistas para popularizar sua mensagem. Em geral é executada por um grupo de cantores em constante intercâmbio de solo e modalidades corais.

RAGA Literalmente tom ou cor. Acredita-se que cada *raga*, ou melodia modal, colore a mente do ouvinte com uma emoção específica ou uma atmosfera musical. Essas melodias constituem a suprema expressão da música clássica indiana.

RAGA-VIVODHA Composto em 1609 por Somanatha, este importante texto musical contém uma referência especial à música clássica indiana.

RASA Literalmente, suco. Um estado emocional, a alma da execução em termos de música. O tratado mais antigo de arte indiana, O *Natya Shastra* — às vezes chamado também de Quinto Veda —, define rasa como o permanente estado de espírito experimentado pela plateia e que só pode ser transmitido por um músico que o experimentou. O *Natya Shastra* identifica oito *rasas*, cada um dos quais tem uma cor e uma divindade que o preside: Amor, Alegria, Raiva, Piedade, Terror, Asco, Heroísmo e Admiração. Após o surgimento do budismo acrescentou-se um nono *rasa*, Tranquilidade.

SADHU Homem santo, asceta.

SAMOSA Massa recheada com carne moída ou legumes e verduras.

SÁRI Traje usado pelas mulheres indianas. Uma peça única de tecido com seis metros de comprimento envolve a cintura numa das extremidades, caindo até o chão, e na outra extremidade é drapeada sobre o ombro.

SHANKARACHARYA (*c.* 770-810) Mestre e reformador religioso que, quando vivo, foi tido por muitos como uma encarnação de Shiva.

SHIVA Um dos três deuses da tríade hindu — Brahma, Vishnu e Shiva. Para seus devotos é o deus supremo. Acredita-se que remonta ao período anterior ao hinduísmo. Quando venerado como o Deus da Morte, é o deus mais antigo da Índia.

SUFIS Místicos islâmicos, uma seita dos muçulmanos sunitas. O indo-sufismo baseia-se no conceito do amor místico com dois princípios fundamentais: a luta para unir-se a Deus seguindo o Caminho sob a orientação de um guia espiritual e a intuição extática da divindade através da iluminação de Deus. O indo-sufismo difundiu-se pelo subcontinente no século XIII d.C. O conceito do guia ou mestre é muito forte no indo-sufismo, levando à veneração de santos sufistas e a celebrações em seus templos no aniversário de sua morte para comemorar sua união final com Deus. Os sufis acreditam que o amor místico deve ser cultivado espiritualmente e despertado emocionalmente, produzindo o grande impacto dos cantores *quawwali* na Índia como um meio de alcançar o êxtase no qual se encontra Deus.

SUTRA Literalmente, fio ou linha. Também é um termo que se aplica a formas literárias, geralmente de natureza aforística.

TABLA Par de tambores. Toca-se o tambor soprano com a mão direita e o tambor baixo com a mão esquerda.

TANPURA Cabaça comprida com quatro cordas, usada para fazer o bordão que sustenta o instrumento principal ou a voz.

TANSEN (1550-1610) Um dos maiores músicos e cantores da Índia, considerado uma das nove joias da corte do imperador Akbar. Um tamarindeiro cresce junto à tumba de Tansen, e acredita-se que os cantores que mascam as folhas dessa árvore tornam sua voz mais rica e mais pura.

TAPAS Calor ou ardor ascético; espécie de explosão física que no caso dos deuses leva à criação de universos e no caso dos humanos à aquisição de poderes tais que até os deuses tremem diante deles. Shiva, o Asceta supremo, sustenta o universo através de seus tapas.

TULSIDAS (*c.* 1527-1620) Poeta e reformador religioso que foi abandonado pelos pais e criado por um asceta errante. Acredita-se que as ideias dos cristãos nestorianos o influenciaram.

UPANISHADS Cerca de cento e cinquenta tratados de doutrinas esotéricas escritos provavelmente no século VI. Com sua extraordinária liberdade de investigação, são tidos como as origens da indagação metafísica dos hindus.

VANAPRASTHI Eremita ou habitante da floresta.

VATSAYANA (século V a.C.) A maior autoridade indiana em erotismo. Acredita-se que era asceta e celibatário.

VEDA Conhecimento divino dos hindus em forma de hino. Supõe-se que foram escritos entre 2500 a.C. e 1000 a.C. Existem quatro vedas: Rig, Yajur, Sama e Atharva. O Rig Veda é o mais antigo.

VICE-REI Representante do rei da Inglaterra, que também era imperador da Índia: chefe do governo na Índia britânica.

VINA O mais antigo instrumento de cordas da Índia. Compõe-se de um braço largo de madeira com uma cuia em cada extremidade, sendo ambas presas sob o braço, vinte e quatro trastos e seis cordas — quatro para a melodia e duas para o bordão.

VYASA Literalmente, arranjador dos Vedas. Sábio semilegendário muito antigo, considerado autor do *Mahabharata*. Acredita-se que foi o ancestral das duas linhagens reais que são protagonistas da guerra narrada no *Mahabharata*.

YAAR Termo de gíria que designa amigo, camarada.

AGRADECIMENTOS

Quero agradecer a Sonny e John pelos cadernos que me forneceram; a Martand, pelas discussões a respeito do Narmada; a Naveen, por seus conselhos em relação à história final; à princesa Sita, por suas traduções do sânscrito; ao sr. Jain, da editora Manoharlal Munshiram, de Nova Delhi, por localizar textos de pesquisa; ao dr. B. K. Thapar, por partilhar seus conhecimentos sobre a arqueologia do Narmada; a Sonny e Aditya, por suas observações sobre o manuscrito; e, enfim, ao francês estudioso de sânscrito que estava folheando alguns livros numa livraria de Delhi e me apresentou a *Invocação ao Narmada*, de Shankaracharya.

GITA MEHTA nasceu em 1943, em Delhi. Filha do lendário líder político Biju Patnaik, sua família é reconhecida por sempre ter lutado pela liberdade. Cresceu na Índia, estudou em Cambridge, na Inglaterra, foi jornalista para televisões europeias e norte-americanas, produziu catorze documentários, sobretudo a respeito de conflitos no Oriente. Seus livros foram traduzidos para mais de vinte línguas e estiveram várias vezes nas listas de best-sellers de todo o mundo. Dela, a Companhia das Letras publicou *Raj*.